U0928756

人物
实操课

青蓖　著

CNS 湖南文艺出版社·长沙

图书在版编目（CIP）数据

人物实操课 / 青蓖著. -- 长沙：湖南文艺出版社，2024. 10. -- ISBN 978-7-5726-2076-8

Ⅰ. I247.7

中国国家版本馆CIP数据核字第20249N18J4号

人物实操课

RENWU SHICAO KE

作　　者：青　蓖
出 版 人：陈新文
责任编辑：黄　晓
封面设计：蒲伟生
内文排版：刘晓霞
出版发行：湖南文艺出版社
（长沙市雨花区东二环一段508号　邮编：410014）
印　　刷：湖南贝特尔印务有限公司
开　　本：880 mm × 1230 mm　1/32
印　　张：7.75
字　　数：140千字
版　　次：2024年10月第1版
印　　次：2024年10月第1次印刷
书　　号：ISBN 978-7-5726-2076-8
定　　价：48.00元

目录

Contents

水源自何处

远一点是大片被斩割的油菜花茎，绿已近尾声。躺倒的一束束干枯成紫灰色。她站在河道上，看人杀鱼。窄河道里，水清澈似流动的镜面，水草细长青翠，系着红绳的鱼儿穿游。店伙计把鱼从网兜里取出，秤钩穿过系在鱼鳍的红绳过了重，放在清水里磨光的地上，用菜刀对着鱼头拍了几拍。她扭过头，打量猜准鱼重的青年男人。他穿着黑 T 恤和蓝色牛仔裤，正和埋头开始刮鳞的伙计闲谈。

店伙计剖鱼时，把菜刀卡在切开的鱼身，另一把锈刀去拍竖立的刀背。黑 T 恤男人看出伙计是个生手，走下阶梯，蹲在旁边指点。伙计清完内脏，把血淋淋的刀放进水里冲洗。河道的水是活的。鱼血往下游冲走。水清净得有种魔力，让她想一跃飞过，跳到对面去。但脑中又有预料，必定跳不过去，她会跌进水里。

河道宽不过一米，高也是一米多，每隔一段堵着铁丝网，分隔开羊公滩农家店、天外天农庄、大坝河鱼店养着的鱼。养鱼的上游是哪里？看着笔直的河道，长满半高植物的河岸，她突然冒出念头，想看看水从哪里流来。她回头看林森夹着烟，一副胸有成竹的样子，站在天外天农庄的坪地和人说话。她等着他的眼神扫来，往前指了指，径直往河道上游走去。

一块蓝色的牌子竖在碎石路旁边：进入林区，禁止野外用火，谁失火谁坐牢。上午下过雨，路上洼地有积水。她沿着河道边五十厘米宽的水泥路往前走，水泥路泛着青苔的颜色，垂罩着植物的茎叶。一边陡坡上长满竹节草，路边一簇簇的白色野菊花和粉色韭兰。另一边隔着河道，不时经过似树莓的插田泡，挂着累累红色的果子。踩过铺在路上的竹节草，发出清脆的声响，听上去富有弹性和水分。停下来时，水依然对她产生着吸引，她总想着跃过去，会栽空落进水中。

林森的身影被灌木挡住。现在像是小女孩独自的探险。她觉得自己的身高在缩减，缩成一点点高的小人。父亲举着借来的照相机，给田埂路上小跑的狗拍照。母亲戴着一个新草帽，系着紫色蝴蝶结，跨过河沟，要父亲为她拍。她看着河沟在犹疑。河沟看上去很窄。她退后几步，助跑起跃，随着脑子突然的停闪，滚落进横穿田埂路的河沟底。她感到自己浸湿在一片水里，不敢睁开眼睛，只是放声大哭。然后听见父亲在上面说："谷芾掉进水里了。"母亲在狗吠中，惊慌地自言自语。

四年前在老树咖啡厅，遮阳帘垂放下来，只露着三十厘米的高度透光，她和林森百无聊赖地趴在桌上。她说起童年滚落沟底，尽想着打湿的青色新裙子，摸到胸前绣着的几朵彩色小花，哭得更是伤心。林森什么都没说，往窗边的扶手躺过去时，什么东西硌着了后腰，他从沙发缝里掏出一只仿的 Zippo 康斯坦丁，2005 年日本限量发行的纯铜款。他把打火机捏在手指间转动。隔远几桌的人都在打牌，烟雾缭绕。服务员在吧台用干布擦玻璃水杯。玻璃杯相撞时发出叮叮当当的声响。

她偏过头，从遮阳帘窄缝里看着楼下收拢阳伞进出店铺的女人。年轻和中年女人都爱穿蓬蓬短裙，露出粗细不同的大腿。年轻女人们披散长发。中年女人喜欢用收拢的阳伞扇风。偶尔有不肯进店铺的男人，站在门外树荫下抹汗。

"他们真耐热，像仙人掌一样。"她可不希望林森成为唯诺的男人。

"谷芾，我要去雅溪镇几天。"林森抬起眼睛看了她一眼。

两株长势茂盛的插田泡垂下来，挡住本来就窄的青苔路。她看了看前面，必须走回一截，从刚经过的小桥走到对面去。而水源处在哪，还看不到头。天昏淡了一些。只是雨后转阴的灰白色。

她往回走时不禁思绪活跃。在她出生前，父亲一厢情愿会得女儿，买了裁剪书，自学如何做衣裳。当父亲从火车上跟列车长请假，带着纸样和布料赶到医院，他还是因期盼得着女儿兴奋过头，在走廊小跑着穿梭，几次被人和椅子绊得踉跄。他在病房抱了抱女儿，就把女儿塞回给妻子，交代岳母看管一下，兴冲冲跑着回家。在家里他铺开带回的小碎花布，照着纸板剪料子，缝纫机上鼓捣了半宿，忘记熬鸡汤给妻子送去。清晨父亲乐颠颠带着小花衬衫走进病房，母亲半躺在病床抹眼泪，外婆着急地劝她不要哭，月子里哭了对眼睛不好。

父亲成功给她做了第一件花衬衫后，时常利用列车上的时间，参考杂志图样，给她绘制新衣样，在返程前赶着去布市买布料。虽然花衬衫直到三岁她才穿上身，但衣裳甚至是纽扣都很漂亮。那件她穿着跌落沟底的青色裙子，父亲早前说过是四岁的生日礼物，为了绣几朵彩色小花做点缀，他托女同事寄给瑶族村里的姐妹。绣好的裙子在回邮时却耽误了好多天。父亲休息时就去邮局催问包裹单，送单子的邮递员被他谩骂一通，险些耐不住要扭住父亲动粗。

林淼不会对她与父亲的旧事感兴趣。如果她比画得有趣，他可能耐着性子听完，但实际她缺乏语言能力。父亲给她取名“叶谷芾”，这个名字的发声，仿佛限制了她活泼、善谈的一面。他们一直保持着低语和很少的谈话。她不问林淼与自己无关的事情。林淼不过问她不想说的事情。

她第一眼见到的林淼，一个人站在焚化炉外，低头解腰间系孝衣的麻绳。他的脸漠然，无情得像蒙了一层冰罩。她挣脱拉拽她的姑妈表姐，循着伯父的背影追到焚化炉外，后面是一边追赶她一边呼天抢地的亲戚。陡然看见林淼望向她的神情，眸子里没有任何波纹，手握着松开的麻绳，她突兀地把自己愣在他面前。林淼从她身边走过去，脱下白布孝衣随手扔在地上。追赶上的亲戚好心相劝，让她不要看着父亲被推进焚化炉，她还年轻不必要承担这些。她放开喉咙哭喊，被他们架拖着往回走。

他们再次相遇是在民政局，给焚化证上的亲人盖章，然后和死亡证明、户籍注销证明一起送去办理抚恤金领取手续。管印章的人还未到，他坐在长椅上，穿着一双黑色帆布鞋，和她脚上的白色同款。她坐在他旁边，好奇地伸出脚，避开他的眼光偷偷比较鞋。微胖的工作人员来时，他们都站起来走到办公桌前，她在包里翻找本子，他等了等把手里的递过去。她瞟了一眼证本照片上是个老年妇人。他收回盖好章的焚化证，依然站在那里。她愣了愣。工作人员低头向她伸着手，她把打开的本子反扣送过去。工作人员盯了她一眼，从印泥盒中取过公章盖在父亲的照片上。

下楼梯时她有种恨意。她讨厌陌生人看到父亲的照片，那样一张静态的肖像，抹杀了父亲与她生活多年的生动神情。他会逐渐从照片上枯黄下去，直到失去原貌。她狠狠地跺着脚往下走。在公车站牌，她和他隔距离站得很远，一些人在他们中间变换位置。路边的玉兰花已呈现颓败，白色花朵奄奄低垂，花瓣枯黄卷缩。环卫工人穿着刺眼的黄色服装，推着垃圾车正清理街面。他们的目光跟随铲子和扫帚移动。

她往前门上车时，看到林淼跨上了后车门。他穿过过道去投币。然后在她身后的靠窗位置坐下。公交车开往市委党校。只有两站路就可以下车，她看着窗外的城市，突然感到全身失尽力气，将要慢慢遁入梦游里，丝毫没有下车的念头。那么多天她根本不敢沿普爱路往东走。她觉得整条路上都充斥血腥气。身边是老年吸烟男人喘出的口臭。不管怎么样，她陷在这辆行驶的公交车，随它穿过塔吊倒下来的路段。

她和林淼在终点站下车，各自站在路边，同样有一种盲目。路边好些店铺早早关了门。蓝色或绿色的卷闸门落在地面。只有一些五金店和小型修理店，老板弓着身子，在人行道上敲敲打打失灵的配件。很多东西都失灵了，如果敲敲打打能恢复原样，修理工会是一个充满人情味的职业。太阳在西斜，一天慢慢移动，樟树叶晃荡地面的光影。公交车经过二中时，许多家长聚集在大门外，神情异样地等着高考的孩子。二中七考室有个位置是她的。现在是处空白。她和林淼站在阴影底下，她抬头望着浮云发呆，他用鞋底揉搓碎石子。他们站得很近，近到能打破彼此的小宇宙。他们重新登上往河西的回程公交车。她会在家门口下车。林淼一直坐到河西。

追悼会上父亲的遗体蒙着白布。在和遗体告别时，亲戚朋友被告知不能近前瞻仰遗容。她不能看到父亲死后的样子。身边一直有人挽着她和母亲的胳膊，害怕她们冲上前去掀白布。塔吊倒下来时，父亲正横穿普爱路去水果店，等着前面的一辆黑色奥迪开过，他什么都没意识到就被砸死。塔吊横过街面，从对街酒店正前方的玻璃一直划下，搭在进门厅的钢骨架上，同时砸烂了几辆酒店停车坪停泊的车辆。如果不是那座酒店和几辆车，也许父亲的尸身只是碎片。她每每想到此，心如碎纸机切割废纸。

亲戚们在为她和母亲奔走，向政府和出事单位申讨合理赔偿。他们手挽黑纱，举着横幅，聚集在政府门口。她被他们推动，想让她显出可怜样。自尊却让她变得茫然。她从闹哄哄的嘴巴堆里挤出，感觉身体沾上很多人的唾沫。她希望雨浇湿所有的人，冲走异味和不洁，最好淹没整座城。

她和母亲整日关在家中，感到任何声响都是敌意，害怕好心人的敲门声，听见他们的呼吸心就不由绞痛。何时何地都有种巨大的空落，像风随意穿过岩洞。只要触摸到与父亲有关的东西，她会倏地缩回手，那些器具细软变得烫手，只要脑子里意识到是父亲的物件，那件东西连边缘都火烧火燎。

“伸手时觉得平常，不过是往未知里去，但就在要触到那样东西前，心里就会惊恐。有些东西会咬手。”第一次约会时，她对林淼说。林淼疑惑地看着她。

很多天她都不敢拉开衣柜，低层抽屉收着父亲做的花衬衫、背带裤、连身裙。母亲总是拉开冰箱门时站很久。以前她常常抱怨某餐不知道做什么菜，打开冰箱看着储藏食物盘算。吃穿住行每样相关父亲。但是她无法对林淼说及。她不能清晰地把自己正在经历的说与他人。

有时她试图强迫自己，走进母亲的房间安慰她，为她递些纸巾或是说点话题。她出现在卧室门口，一股气息会占据整个心脾，她慌张转身，害怕被母亲发现。父亲出现在她转身撞到的墙上，一副垂头丧气的样子，她险些碰到他低垂的头。父亲的头发浓密，头发过长沾湿垂倒一边。小时候她总是跪在父亲大腿上，好奇地拨弄他的头发。父亲倾斜身子，眼睛从她的腋下看手上的服装画册。她会搂着他的脖子，把他翻过去的画页又翻回去。有时他嫌她的膝盖骨很尖。

“你看见过真正的鳄鱼吗？”她伸手抚了一下林森的额头。她觉得林森是紧缩的，软软的身体团紧藏在硬壳里。

“没有。有什么不一样？”他摸了摸她抚过的地方。

“臭气熏得死人。样子更丑陋。”她说。

十岁那年暑假，父亲带她坐火车去榕城动物园看鳄鱼。父亲取笑她是“梦见鳄鱼的奇怪姑娘”。因为她有很长一段时间，睡梦里不断出现鳄鱼，它们在沙滩上、在大河里，竖立变成戴眼镜的医生，张开嘴等着树上的孔雀蛋滚下，哭出一团团黏汁裹着她甩也甩不掉。她从梦里惊醒，哭得背气，害怕继续睡觉，母亲对此没有主张。父亲的怀抱依然不能令她沉实。她在睡梦中扭着身子，有时会低声央求。父亲追问原因，母亲想起电视上放过一个印度片，有个场景是一些人落进河中，被游上来的一群鳄鱼撕食，当时女儿在客厅做作业，她在厨房洗碗。父亲问明原委，决定带她去看真正的鳄鱼，那是被关在动物园的鳄鱼，在铁栏杆里危及不到人。

“它们不过是一种动物。像老虎一样不会平白无故出现在身边。凶猛动物总是在很远的地方。”父亲说。

“你喜欢鳄鱼?”林淼问。

“不喜欢。但小时候常梦见鳄鱼。”

“梦里是不是很恐怖?”

“以前是，后来就不怕了。那只是在梦里。”她表现得很平静。

林淼像被她幽幽的声音带动感伤。夜里暗淡的光中他的身体显得薄弱，脸上笼罩一层阴郁。像所有感伤的少年，沉浸在自己的世界。她无心去追问什么。她低声说出“死是凶猛动物吗”，只是自言自语的一种企图。那个企图不知道指向哪里。

父亲那天提着芒果，等横在前面的黑色奥迪开过，准备走回水果店，是因为他在回家的路上，接到妻子电话，她责怪他心里只有女儿，不记得给她买油桃。父亲因此再次转回去，因塔吊意外倒塌丧生。芒果滚落到街上，有的被压成浆，黄色叠着白色脑浆和红色血液。她根本不能想象那一幕。

如果姑妈伯父早时知道，还会为她们奔走吗?他们将如何排挤母亲，追责她的错误?母亲抓着她的肩，一脸惶恐，让她不要说出去。她因无法面对女儿，整夜睡不了觉。她听到母亲的床垫因翻身发出声响。她想着床垫下弹簧如何压缩和弹升。母亲多次欲言又止，最终说出实情，乞求能脱离噩梦一样的事实。这件事几乎毁了她和母亲的关系。

“谷芾，你不知道我有多愧疚，也有多怨你父亲对你整个的爱。他看着你的神情，为你做的任何事，让我觉得自己与他结婚，不过是他选择了我生下你。”

母亲的话听上去像是在为自己开脱。

那时她已经在园林局做文秘工作，实际上是打杂。她想做一名图书馆管理员。伯父为她多次去找政府领导，不惜采取激烈行为，一会扬言要控告，一会要以自残的方式，要求尽快解决侄女的工作问题。她刚好成年，父亲的意外令她放弃了高考，她因特殊事件原因和伯父的努力，得到了那个编内工作。

最初她以为林淼的奶奶也是塔吊事故的身亡者。但林淼说奶奶只是病故，在麻将桌上头突然栽下去，桌子撞移了位，邻居扶起时已没了气。他在格美电器行打工，负责小家电区域的销售。那天下过雨，街上行人稀少，他在努力说服一个中年女顾客买下空调扇，以备天气随时升温。邻居打电话到电器行，只说让他快点赶回家。他当然不会意料事情严重到与奶奶的诀别。他以为她不小心摔到哪，或是脾气火爆到与邻居吵了架，但事实是他回到家，看到奶奶被邻居搬挪到床上，仰着的脸毫无血色，四肢目视都能看得出僵硬。

林淼在邻居的帮助下，给奶奶办了丧事。父亲几年前南下打工没了消息。母亲按季度寄些生活费，从未回家。林淼说："我不恨他们。恨又怎样？每个人都要为自己谋划。"

他们在河边散步，看着护城河潮水涌动，河水打在护坡激起白沫和水花。水鸟在烟灰色天空盘旋。对岸倒映深色的山和树影。空气里是水草的泥腥味。这岸的外河街已拆得七零八落，内河街都是荒弃的房子，风随时会吹垮它们。

她感到和林淼在一起的松弛。她不介意他看到皮肤上的小雀斑。他们的关系像一辆青皮小火车，徐徐开去远方，一路是哐当哐当令人昏沉，在晨露和夜色中穿行却显得安宁。面对过很多询问和同情，她希望在别人脸上看到正常表情，没有短暂的怜悯或鄙薄。

林淼说："那些人的脑子锈坏了，一门心思唯恐别人过得太好。"

每次被知情的人拦住唠叨，被打听的人拦住探询，她希望有个酒驾司机横冲过来，要是在房子里她希望有个持枪抢匪蹿出来，她倒想看看那些人遇事的反应。而那些人永远不害怕怨咒，他们总是凑上讨厌的脸，脸上因内火长着疖子，或是粉底擦不均匀浮出毛孔。

如果林淼和她走在一起，他会等那些人转身后爆粗口，操他们的祖宗。他的分贝控制得很好，刚好够他们听见却听不清。他想看他们满脸狐疑。

林淼在母亲面前，常常不知所措。母亲对林淼的态度显然有些过度。她说他太瘦了，让林淼经常到家里吃饭，吃过饭又使劲找机会问东问西。几年前还会故意闯进房间，仿佛她能干预什么。

前面出现了一座长条形的红砖房子，屋顶盖着石棉瓦，侧立面木门上挂着有锈迹的锁。四周长满杂草。河道的水从旁经过。但这里比下游更宽阔一些。走到更前面，便看见一池水葫芦，开着紫蓝色的花。她还是第一次留意到水葫芦的花，像是麦穗一样，花形如喇叭叠生上去。相对花的艳丽，她更喜欢学名凤眼莲。

红砖房两百米远处已无路，有如突然遇见山涧瀑布，半坡的翠绿树种，比走着的路高出一米多的地方，一大股水冲落下来。她走到路尽头查看，水从河道直角的方向弯流过来，同样用水泥砌了五十厘米宽的路，上面长着青苔。路也有一米多高，她站在低处这条路上，看不到弯流过来的河道水势如何，水只是从缺口急泻下来，水花溅射。

Kent 的 *Sundance Kid* 响起时，手机的震动也在提醒，她设置过分组，听铃声便知道是林淼。她一个人走出这么远，依然没有找到水源处。若是爬上直角的那条河道路，绕过前面的弯处，不知道前路是开阔还是局促，又将通往哪里。暮色已有几分深度。

她接通电话，林淼问："你在哪里？"

"我在找养鱼的河道的水源，但是走到路尽头，还有另一条路。"她返身往回走。

"还需要走多久？"

"不知道，要绕弯。我就回来。"

她沿着来时路返回，注意到一些不知名的小紫花。植物的绿在天地的空寂里，让她脚步轻松，内心充满安宁喜悦。一路她又重新踩在水分充足的竹节草上，听它们发出清脆的响声。远处平行的大坝，因未放闸，河水低浅，露出大块的石头。当水从桥洞冲下时，很快就会淹满河道，它又会成为一条真正的河。而这条小河道，也许是大坝的支流。

她想起幼时光怪陆离的梦，父亲说的"凶猛动物总是在很远的地方"。凶猛动物要不在山林里，要不在动物园关养，像老态龙钟被赡养的祖父辈。即使走到跟前，不把她惊吓一跳，她不会注意到它们尖利的牙齿和爪子。危机感是一把悬垂钝刃的斧头，父亲说很遥远，那就让这刻满心只有绿和安宁。她轻快地走在返回的路上。

林淼的朋友们散坐在坪地，暮色已让她看不出背后的椅子，他们像浮在夜色里的一朵朵野蘑菇。他们在谈论厨房的动作缓慢。若是在城区，他们必定早换了饭店，但现在各自揣着饥饿感相互交谈。她坐在林淼身边，头枕在他肩膀时，看见他脖子背后包的纱布被取下，只留着一小块被药水染黄的内层纱布。

林淼说医生朋友建议他取了纱布。十天前他独自去医院割了脖子后面的粉瘤。几个医生朋友包括同她一起观看杀鱼的黑 T 恤男人。有许多人都带着职业特性，但也有另一些人把自己包裹在职业里层，像豌豆荚一样。她喜欢他们的游离气质，看起来随时会脱出一个全新的人，进入个人隐秘的兴趣盎然里。

“林淼前天才拆了线，取了纱布不会有问题吗？”他们已坐到饭桌前，她望着黑 T 恤男人的眼睛问。

“不要紧。到药店买点络合碘，用棉签打湿涂抹在纱布上，足够湿的时候撕下纱布就行。”黑 T 恤男人回答她。

她再找不出什么要说的，垂下眼帘看杯子里的茶叶漂浮。

菜上来时，他们像一群饿鬼。他们还很年轻，对食物不过分挑剔，还未经历食不下咽的阶段。她看着林淼坐在他们中间，显得温和自在。有时他们走在路上，她会突然停下来看着林淼的后背。母亲用一年时间就把林淼喂胖了，然后他的体重再没掉下去。如果这几年她还继续同母亲住，林淼一定会突破自己的身形，她可能真的再无法记住他曾经的样子。

四年前的夏日他们在老树咖啡厅无聊消磨，林淼说要去雅溪镇出差，第二天他到雅溪镇的电器行时，分销商老板去了朋友家，店里伙计都去送货了，一个宾馆打电话，说预订的那批小家电要送货。他跟老板娘拿了店里车钥匙，叫工人装了货，打算帮忙送去宾馆。可是他刚发动车子，车子突然蹿动向一个工人撞过去，工人被撞滚落在地。

老板娘不承认给过车钥匙。他的驾照未年检已过期。工人的腿一处粉碎性骨折。林淼因事故感到沉重，守在医院给她打电话，情绪低落彷徨。她马上想请假去雅溪镇，但林淼说要自己处理。一个多月后工人出院，协商医疗费和赔偿金一起三万块钱。林淼在电话里很急躁。她想象他胡子拉碴在医院照料病人，病人家属不领情故意刁难，在赔偿金的事情上难以松口。

她向母亲求助。母亲一副黄蜂蜇了脸的表情。她说她不能理这个事，林淼是男孩子，他应该自己想办法解决事情。她反问母亲："他怎么解决？家里连个人都没有。"母亲突然又被蛇咬了脚，大声数落她："他家里没有人，你就倒贴。他父母亲干什么的，又不是都去死了？"她厌弃地对母亲翻了白眼。母亲赌气把门砸得轰响跑了出去。

父亲死后，母亲变得不可理喻，并且品位低下，她想着她出门前穿的那件水粉色衬衫，那是中年女人穿的颜色和款式吗！

在决意搬去跟林淼住时，母亲问是不是一直在记恨，她当然知道母亲的意思，她很想反问她为什么不记恨，可话终究没有出口。如果不是母亲的小性子，父亲怎么会在普爱路折回，赶上塔吊刚好倒塌下来，死得那么惨烈，就像一只过路狗一样，连尸身的尊严都丧失了。如果父亲还在，她本来可以去读书，可以和林淼有另一个开始，而不是在焚化炉前相遇，把彼此脆弱的时刻暴露。

她看着与朋友谈笑的林淼，端起茶杯，抿了一口茶水，然后走到坪地散置的椅子旁，手肘搁在椅背上，站在蒙蒙的黑夜里。她和林淼已相识八年，同居四年。有时她已经记不清父亲的样子。她从不肯翻开照片簿，更不愿意与人拍照。她和林淼只有对方的寸照，用于各种社会事务。

照片簿里应该有一张她穿着青色裙子，手指点着胸前彩绣小花，站在郊区的田埂上，背景是阡陌的田地，她很开心，脸上是小女孩的羞涩和精怪表情。那是她跌落沟底之前，父亲拍下的照片。

她站直身体，双手驱赶飞来的长脚蚊，望着模糊一团的蔬菜地。林森的朋友走过来说："我们去偷一颗卷心菜。"

她笑了笑说："好的，如果有手电筒的话。"她想着用手电筒从下巴往上照，在菜地里装鬼的样子。

林森走过来，手搭在她的肩膀，低声问去探险有何收获。她说看到笔直的一条路，走到尽头还有另一条，不知道转过去会是什么，或许还有另一个山洞，藏着许多颗熊的心脏。她捅了捅他的左胸，挣脱他的手跑开了。

母亲最后拿了那三万块钱，但说明是父亲死亡赔偿金里的，就当给她预支的嫁妆。母亲一副慷慨的样子。从来没有一样东西那么烫手。滚烫到觉得手在灼烂，起初是手掌上的掌纹慢慢消退，然后是鲜肉像水滴滴落，剩下皑皑白骨。就在那刻她决定搬去和林森同住，也许因那三万块钱她和母亲几乎破裂的关系，也许她再无法在那个家面对父亲的幽灵。如果在墙上继续看到父亲垂头丧气的样子，她会用黑布整日蒙住眼睛。

林森因那三万块钱，突然筹谋起拉朋友做电器生意。她知道林淼想独自处理自己的事情。她去央求了母亲。未来像永远渡不过去的隐患。她很想告诉林淼，逝去的必然逝去，花费时间争取的未必是将来的需求。但她什么都不能说。人人都有不想去面对的。

他们坐上朋友的白色智跑返城，一路远山连绵，路旁栽种着茂密的竹子和茶树，夜空被枝叶遮盖，感觉在穿山越岭，他们像是要去未知的地方，那里必然开阔清朗。

进城时她提醒林淼买络合碘。他们在步行街旁的药店停车。她无聊地扫视橱窗，玻璃明亮的服装店、饮品店、手机店、金器店，街上五花八门的玩意，聚拢一堆成了必要商品。在转角内衣店的橱窗里，挂着一件铁灰色真丝睡衣，小V领和细软的料子，一定衬母亲的白皙。她走进店铺，买下那件睡衣，让店员精心装好。

她去看母亲并不勤快。林淼做生意后很忙，她觉得自己的时间也得被打折，似乎需要预留一部分耗费。有时她想为什么没有成为图书馆管理员，如果没有放弃高考，她会成为一个什么人。像她沿河道去寻找水源中途，发现前路被堵，及时退回由小桥过到对岸，虽然路尽头依然不是水源处，她看到了凤眼莲的花、一大股水冲落的样子，返回时天色昏暗，她因天地的空寂，内心充满安宁喜悦。但时光倒退不回。

林淼要去朋友家看新买的钓鱼竿。他们送她到楼下。她提着纸袋走到门前敲门，听到里面放着很大的电视机声音。她从包里摸出钥匙开门进去。客厅里没有人。母亲也许在卧室。她从过道走过去，在门边看见母亲坐在单人沙发上，手里拿着银行折子，举得很远在看，扶手上坐着楼上邻居麦叔。他们的胳膊和肩贴得很近。

她转身往客厅去。母亲看见了她，叫了一声“谷芾”，跟着走出来，后面跟着笑脸盈盈的麦叔。她把纸袋放在茶几上，对母亲说：“给你买的睡衣。”

“你麦叔的木材厂旺季生意红火，想跟我借点钱周转，他说给我比别人高的利息。”母亲巴巴地对她说。

以前给她买了什么，她总等不及要试试。对衣服更是别样的钟爱。有几次她想问母亲，是不是因为父亲给她亲手做过衣裳，却从未做给她。她试想着母亲由心底生出的渴求。她想到她越长年纪，一件件不相称的鲜艳衣裳，和母亲曾说过的父亲给她的整个的爱。她心里突然莫名地慈悲。

“你自己拿主意吧。”她不相信让她不要倒贴的母亲，会上男人的当。“林淼还在楼下等着，他朋友开车来的，我就下去了。”

“我送你下去。”母亲客气地说。

“不用了。你陪麦叔说话吧。”她冲那个腆着肚子的男人看了一眼。他的左眼眶下，有一道 2 厘米长的印痕，像是曾经被剐伤过，后来慢慢长愈合。灯光下那道印痕如薄薄的刀片口。

她听到楼道里一个人迟疑的脚步回声。

楼道的声控灯坏了，她摸着墙往下走。她想起父亲总是出现在墙上，垂头丧气的样子。为什么是墙，而不是从镜子里望见——她的脸的轮廓，她多肉的大腿，她挥手时不耐烦像赶苍蝇的姿势。她也可以去水中看见那些虚漂的影子，可以从水晶球凸出来的形状里，看见古怪变形的父亲的脸。

也许时间从身体上清除了父亲的回声，她的身体变成空谷，不再像少女时充满溪流，父亲的影像落进深深的空间里，被黄色的土壤和光秃的树枝消化。

时间打造所有的人。

她想是不是该给林淼电话，告诉他她很快就会回去。在这茫茫夜色里，林淼也不再是那个阴郁少年，陪她谈论鳄鱼——长着一身癞皮的，时常出现在她梦中的凶猛动物。她宁愿去踩着水分充足的竹节草，脚下清脆的响声，仿佛能把她带去想去的地方，不必把每样事物拿出来与人分享。

水洼处被灯光照着，表面像蒙上一层有硬度的玻璃。

她走出院子，城市的玉兰花都在枯萎。所有的不安在摸不着的地方，时刻显现，但也有一些什么，在阻隔集聚在远处不明的阴云。风将吹散纠结在一起的头发。

夜色里有水声淙淙，辨不清响声来自哪里。

让他停止打呼噜

她迅速爬起来，黑暗中探不到拖鞋，光着脚往椅子摸去。眼睛适应窗外透进的微弱光亮，黑色旅行包软塌塌地在椅子上。她拉开拉链，在包内摸索着，手指触到塑料袋内的纸盒。

睡裙摆被他拽住了，他趴在床上伸长手臂一点点拉她的裙摆，她笑着扔下塑料袋，往后退到床沿。他双手抱起她把她翻倒在床里间。

“你在找什么？”顺着她的大腿皮肤上滑，他的手在她的腹部停下来，然后双手张开伸了个懒腰，右手臂压在她胸前。

“柘，有蚊子叮我。”她把他的手挪开，向内侧弯腰挠腿上的痒处，屁股抵着他的腰。他侧过身，左手放在她的胯骨上，右手从枕头和脖子的凹处伸过去，环抱她的肩膀。

外面街上说笑的声音很近，他们能听到沱江上船桨划开水浪的声音。楼下新到的一群客人踩着木楼梯上楼，脚步声杂乱，到客房前时听到重物置地，然后是开锁和门被推动的吱呀声。导游穿行旅客房间叮嘱第二天早餐时间，声音清亮。

“你想变成一只梅花鹿吗？”她问。

“不想。”

“那你喜欢暴风雨天气在树林里迷路吗？”

“不喜欢。”

“安德鲁·雷德斯是谁？”

“不知道。”

“他是《禁闭岛》里的男主角。他一直认为安德鲁·雷德斯另有其人，是一个脸上带着长条伤疤，伤疤从右太阳穴一直划到左嘴唇，两只眼珠不同颜色的人。”

“我饿了。”他慢慢地睁着眼睛。

她坐起来，扑到床的另一头。“我喜欢电影中男主角去灯塔那场，他很紧张要寻找真相，黑铁的镂空花式台阶被光线照射，看起来像梦境中的美好事物。”她抱住他的小腿。

沱江上有女人唱起苗歌，带着当地民俗的气氛。

他把枕头递给她，在床边的桌子上摸到手机。机盖翻开一片蓝光。

“下去吃东西吧，饿得睡不着。”

“好像好多小虫子在身上爬。”

“江边蚊虫比较多。”

“我觉得头晕的劲过去了。可不想动，动一动会觉得腐尸破土而出，转眼在日光下变成灰块。碎片飘浮在空中，街上人们的眼睛被我的碎片遮挡视线。”

“你又跑到电影情节中去了。”

她松开他的小腿，翻身趴着，下颚抵着枕头，双手吊在床外面，手指拨动看不见的流水。

“刚睡着梦见在家里上班，在开一个会，腿疼得像被抽过骨髓。林总让我把腿搁在他膝盖上，他帮我一边捏腿一边安排工作，一点也没有男女的猥亵和暧昧。这个梦是不是很疯狂？”她又翻过身，双腿从他身体提上去，倒放在墙上，左脚后跟靠着墙，右脚掌绷直顺时针画着圈。

“你可能是想家了。”

他起身站在窗边，把薄的白布窗帘拉开一截，院子里走进一个背旅行包的人，在昏淡的灯光下看起来是个留大胡子的中年男人。院子里搁着的盆景和大块木雕堆着浓厚阴影。

“有时我想变成另一个人。”

她想象自己站在窗边，默默地说话，自身毫不受风景和言语的影响。他站在身后悲伤地看着她的背影，她的背被火烬烫出一片窟窿，深深凹陷下去。他走向前从背后搂住她的腰，她的身体在他的环抱中变成灰烬散落。

“陌，”他走过去拍拍她的脸颊，“不要胡思乱想，换裙子我们下去。”

她突然涌出眼泪，一点控制不了，眼泪顺外眼角流到头发里。

“你怎么了？”泪水流到他的手指上。

她拉下他的脖子，把头埋在他肩膀上哭。“我不知道。我没事。”她竭力抑制难过。

“你想吃什么？我带回来。”他拍着她的背。

“一点热的东西。”

他把灯打开，在卫生间搓了毛巾，把她泪痕斑斑的脸擦干净，站在床边穿好衣服，走到楼下跟服务员要了蚊香。房间里点燃的蚊香，散发火药和清新剂交合的味道。

她把窗户打开，一阵河风清凉，白布窗帘被风鼓起。江边光亮一片，几条船挂着红色灯笼，莲花灯在水中漂浮。跳岩上影影绰绰塞满了人。

她想起春天他们在江边的酒吧。那天没有演出，他们坐在靠木栏杆的位置，站起来摸得到挂在木廊的灯笼，暗红色光让他的脸看起来很温和。他们在酒吧喝可乐。旁边一桌是两个喝科罗娜的北方女人，互邀对方去自己的城市游玩。她们很尽兴，在河风的吹拂下惬意地喝酒和交谈，懒散又落拓。

最近会突然想到屋后的芭蕉林，有时是经过的路边工厂，有时是放在公园展厅的中华鲟。那条中华鲟撞在水电站的闸门上，撞晕后被打鱼人合力捞上岸，他们把它拉到菜场，却不知道以什么价格分售给想品鲜的人。十二年前的事。那时她还是个骨骼瘦小的女孩子，喜欢同桌女生穿着白色牛仔裤、白色泡泡袖衬衫的高个身材。有个晚上她缝着纽扣，想起洗澡时煤气泄漏窒息死掉的学长。有时她又恍惚有个叫卢花枝的外婆。

把自己看成另一个人。这很疯狂。安德鲁·雷德斯一直以为自己是泰德·丹尼尔，拒绝接受疏于关心妻子，疯妻把他们的三个孩子淹死在湖中，他愤怒杀死妻子的事实。他的孩子一个个在湖水中湿淋淋的。

她也曾以为自己可以是另一个人。

二十岁时，作为顺势而为的青年，她必要平衡周遭一切。然而她首先对工作表现了质疑。一名女性测量员，这份工作对她更具破坏属性。她自告奋勇，欣然前往，在黄沙和日晒中很快厌倦。她只是一根标尺的作用，这根标尺站立时情绪起伏。

她想折腾得鸡飞狗跳，却只是从众多追求者中拣了一个。她爱吃的枣糕出现在皮包中，时间被电话震成梯田般的断层，寒暖成了尤为重要的事，不堪的是亲吻引发的怀疑，她怀疑自己不是一个处女。这很重要。很重要吗？如果因剧烈运动，或别的原因，她失掉了证明自己的证据，她该如何辩解？

在内心深处，她一厢情愿以为幼年的不幸，令她成为一个不够完整的人。她的脑中总浮现在长条凳上被侵犯的影像，长时期分不清是幻觉还是事实淡化的记忆。难道像《聊斋》一样，她喝的孟婆汤不够，承受了前生的记忆？有时她甚至迫切需要一个人，让她与那种记忆或幻觉分离。

她试图交付自己。究竟有什么可能被破坏？交付难道不是一次远行？她镇定地放开双手抓紧的衣角。如果远行仅仅是小冒险，这才开始。可是难堪像死鱼一样，不停从水中浮出。她感觉楼道声控灯被脚步震亮，公交车在远处缓缓驶过一簇兰花，商场大厦在日光中渺如画册，那道拉合的窗帘后面，她记忆深刻因严实的黑暗出现的幻觉。

就是在那样的黑暗中，她可以嗅到干燥乏味的气息。

她听到木楼梯响起的脚步声，独个的，一种懒散调子。她拉开门，一个大胡子男人在走廊晾湿衣服，穿着内裤，几秒就从躲闪转为自若，挑衅般吹起轻快的口哨。他从大胡子男人身边走过，提着塑胶袋，一副宽肩膀。

他用牙齿咬开啤酒盖，灌了一口，感到饥渴得到减缓，坐在靠窗位置拆盒饭。她揭开一次性碗盖，热气蒸腾凝聚的汤水，洒在了桌面上。她用纸巾去擦，油汤透过薄薄的纸层。手指有些湿滑，她抬手要嗅，手碰在了碗侧，碗里的红枣乌鸡汤晃了晃，又泼出一些。她突然发作了，拉起裙角去擦桌面，油渍随裙角落下黏附在大腿。还不等他反应，她转身走向卫生间，把门锁紧，背靠着门蹲在地上哭。

他在外间敲了敲门，走开了。稍后听见她转弱的哭声，玻璃门上映着脱衣服的影子，然后水从沐浴龙头落下叩击地砖。她一直很坚忍，偶尔一触即发。

他搞不懂她在想什么。她一个电话说去榕城，带着几样衣物就投奔了他，连冬天的大衣都没一件。一旦争吵她便四处找利器，可是握在手里就会发呆，你不知道她要怎样。某个夏日傍晚她穿着一条傣族布花裙，沾染着火车厢内闷臭的气味出现在出站口。一股凉风平缓吹来，她使劲去想迈上火车时，阳光照射在黑色阶梯上的光束。

她走出卫生间，捏着湿睡裙，身材单薄得像十三岁的少女。他看见她把湿睡裙摊开，用衣架撑上后，又把因水粘贴的地方分开。她裸露的臀部在寂静中晃动。

他的手机响了，九点三刻，是母亲的。他站在窗口，应和母亲的问话。她只会不断问他过得怎样，什么时候把那个女孩送走，仿佛她是他送不走的佛。他为什么要让她离开？

她坐在床沿，抱着要穿的干净暗红亚麻裙子，双腿晃荡，眼睛却盯着他的举动。

“你记得去年四月我们去和平镇，遇到的那个小姑娘吧？”

她等他挂断电话，背过身把裙子铺在床上，从连衣裙底套进头，裙子滑落很快遮盖了她的身体，只露着白净的小腿。

他看见她背过身时肩收紧了一下。

“怎么想起她？”他问。

“我想知道她有没有找到亲生父母，收养她的人太老了。”

“不知道。”

“那天去和平镇，我穿着白衣黑裙，摩的开在狭窄的路上，尘土飞扬。到镇上时白衣变成灰黑色，头发重得要死，感觉压得头一直垂着。如果我出生在那里，会怎么样？”

“你不会在那里。”

他记起那次去和平镇，他刚找到一份糖果销售的工作，他把她带在身边。

两年前他失业，帮朋友照看了几个月机械厂外的便利店。晚上挤在里间一米宽的小床，他的手搭在她的乳房上，有时是大腿内侧或别的地方。炎夏他们铺凉席睡地板，朋友偷接了厂内电线，他们整晚脚抵卷闸门，听着空调轰隆隆响。她总说耳朵在叫，耳朵里住着一个吹尖利哨声的疯子。你不知道她的假设和不安从哪来，他想。

“你现在还会记得以前说起过的土厕？”

“为什么问？”她把他的膝盖并拢，面对面坐在他腿上，双手环着他的脖子。

那次他们先坐巴士去团结镇，然后坐摩的去和平镇。在去团结镇的路上，巴士司机放乘客下车方便，她走进路边泥砖砌的旧式土厕，里面又脏又臭，门口悬着的破旧草席只剩大半块，她从空处望见路上行驶的车辆，然后退了出去。

有段时间她常提起那个土厕，仿佛就在门外，她每天必要看见它即将歪倒的砖墙。他说那是她的执拗和神经质作怪。她不置可否。就像有大半年她不肯工作，只是不想见人，然后她就在化妆品店和私人书店轮换工作。

他们的脸贴得很近。她能闻到他身上的气息，不同于一般男人粗重的体味。报纸上登载说爱情因气味相投。她喜欢他身上清淡的奶味和洁净味道。她迅速用嘴唇贴了下他的嘴唇，嬉笑着别过脸。他捏住她的下巴想吻她，她把脸转来转去躲闪。他干脆用拇指和食指卡住她的嘴巴，她的嘴唇贴在他的虎口。她垂下眼帘看着他的肚子。

“我看过一本小书，是阿尔及利亚作家根据黎巴嫩女戏剧家的讲述写的，她的父亲是叙利亚政治流犯，母亲是黎巴嫩电台声名显赫的人。她说父亲是一只怪鸟。他希望她成为一名自由女人……”

“太绕了。我们出去吧，去江边看放花灯。”

他把她垂在胸前的长发撩开，吻了吻她的脖子，对她说。

她沉默了一会，起身走回卫生间，把搁在浴巾架上的湿睡裙取下，打开房门晾到走廊上。

路边小店里挂着彩纸和绢布做的灯笼，与街上的仿古路灯、川流的人群，映衬得眼及处光怪陆离。身后很远传来民俗的声乐，锣鼓和号子到近处时，人们笑着让开路中央，一群穿苗服的男人抬着一位老人，热热闹闹走过。周围的人议论说，是湘西的民俗，凡百岁老人都要抬着走街串巷。他们过去后，声乐和谈论声隐在杂乱中，苗装的背影有点鬼魅。

她问：“像不像赶尸的氛围？”

他责怪地说：“这是高兴和荣耀的事，怎么和赶尸搅一块？”

她兴冲冲跑到城墙边的凉粉摊前了。

四岁那年她跟随父亲和他的同事游玩，夏日里大伙口渴，路过桥洞下的凉粉摊，一窝蜂去买凉粉。父亲怎么都不肯让她吃，说不干净会拉肚子。后来她养成不吃路边摊的习惯，可走过凉粉摊，总禁不住想它的味道。

“我想尝下凉粉。”她说。

她端着瓷碗站在路边，瓦勺拌动时，一股凉滋滋的气味飘在鼻前。入口滑腻腻，带着甜味和薄荷味。她把碗推给他，低下头站在墙根边。她记得父亲同事买凉粉的桥洞，也是这样大块的砖石砌成，有处石壁一直渗水，路面的青砖因摩擦过度显得既凹凸又平滑。

她突然不想去看放花灯。她本来就不想去看被烧着或被水泡烂的花灯。它们浮漂在江面上，不过维持片刻希望，最终都是腐烂部分。“最终”，她默念了一遍这个词，感到卷舌时气流被封闭在口腔，撑动腮骨的酸麻。

她转身往回走，他拉她的手臂，被她的一股蛮力甩开。她突然跑起来，像要跑到北极去，去摸一摸白如雪的小白狐和北极熊。一个北极旅游的电视节目里，主持人在户外泼一杯沸水，洒向天空后，沸水化作冰沙慢慢飘散。而猫头鹰停在树顶，像一团白色的云。只有在北极，所有土地、海洋和生物被洁白包裹。

她在奔跑中胡思乱想，挤过前面的人群，往虹桥、往小巷，最后不知道跑到了什么地方。她蹲在阴影重重的水边，从黑暗中分辨对岸的景致。这不过是种徒劳，而她常常这样分辨一些不可辨认的东西。水中有鱼儿跃动，水声清晰。

怎样是一个自由的女人？女戏剧家说父亲用一种野蛮人的激情对待她的离经叛道。他不让三个女儿信奉任何教派，家里经常集聚诗人、音乐家和记者。他纵容她们犯错，给她们烟和酒，鼓励她们与男人做爱。她成为一个在战争和动乱中不惧怕的人。她在 F-16 战斗机下打闹，在最惨烈的大屠杀中跳舞，在炮弹中做爱。但是父亲被迫害后，她被送去十字架修道院，因为她是一个疯女人，他们想把她改造成好女人。

如果女人不被迫生孩子，可以用自由意识控制怀不怀孕，是不是就能成为一个自由女人？至少不会担忧是不是处女的问题。女戏剧家为解脱负累感，用刀片割开了自己的处女膜。

她想起她曾交付的初夜。难道是为要摆脱处女这个事实所面临的负重，还是仅要把幼年被侵犯的幻觉赶开，或是去证明确实因伤害被遗忘的记忆？她不想在某个未有防备之时，突然被他人剥夺去第一次。事实却证明，她完好无缺。而一切只是走得更远，远到如眼前的水域，无穷无尽却陷在河岸里。

月光淡薄，她在大面积阴影的巷子中寻路。

回到客栈，坐在院子的石条凳上，她的亚麻裙被风轻轻鼓动，风在胸前和小腿生凉。两棵柑子树在近处沙沙地响。盆景层层叠叠摆在院中，如迫近内心的层次感，黑暗中区分不出它们的形态。抬头时空中很干净。三层有间客房还亮着灯，只拉上里层的薄帘，晃动两个女人的影子。

女服务员坐在柜台前瞌睡，疲倦的脸容在日光灯下泛着油光。她蹑手蹑脚往侧边的木楼梯上去，穿过走廊。湿衣服挂在铁丝上散着湿气，像一个个湿漉漉而干瘪的幽灵。客栈里有人在打呼噜，带着哨声。他开门把她搂入怀里，眯着眼睛，几乎睁不开。

“你跑去哪里了？没什么事吧？”

“没事。”

“睡吧，很晚了。”

他推她的背，她站着不动，他走到床边，回头向她站的地方招了招手。她在暗处摇头。

“陌，有什么事明天再说好不好？”

她呆立了几分钟，走过去爬到他身上，抱着他的肩膀。

“栢，我们怎么办？”

“什么怎么办？”

“不知道。”

他闭着眼，轻抚她的背。她停留了片刻，从他身体翻下，坐在床沿，下巴抵在大腿，弓着身体垂着手，手指触到拖鞋。他侧过身搂着她的腰，很快打起鼾来，声音越来越响。

她从他的怀抱中抽身，把薄毯搭在他的肚子上，拉直他弓起的左腿。她爬到里面躺下，蜷缩起身子，手环抱住膝盖。如果她长胖一点，就是一个球体，可以任意滚动。

她的手肘和臀部靠着他的胳膊外侧，他的身体发烫，除了表面热度还有一种人体的暖度。隔壁睡梦中的人沉闷地叫了一声。楼上邻近房间有人拖动椅子。水管突然连贯地空响。她把手盖住眼睛，试图挡住窗外的弱光，进入睡眠。

如果现在我不在这里。有次停电她离开房间，忘了挪开蜡烛，窗帘飘到火苗上烧了起来，她走进房间又退出去，告诉父亲着火了。父亲从客厅慌忙跑进去，拿起书本拍火，烧掉的窗帘灰飘扬在房间内。她靠在门框边，平静地看着父亲扑火。母亲从厨房跑过来，手里捏着湿毛巾，嫌她挡着门，一把将她往外推开。她踉跄了一步，看着母亲用湿毛巾打落最后一簇火苗。无论何处我只能置身事外。从她初夜感觉到下体的疼痛和血腥气，她知道她落入了一个自封的圈套。

你必然会被自己不断困扰，她想。高三那年中秋，母亲嘱咐晚上早点回，外公舅舅姨妈要到家里过节。她坐在教室里，看着窗外树叶摇动，天边由霞光转为灰云，逐渐暗淡到路灯点亮。回家时房子里坐满人。母亲劈头盖脸骂了她一顿，父亲则不断盘问她去了哪里。他猜想她在早恋。而她只是故意晚回家。

父亲说，年轻人总任由自己的性子。言下她不肯担负其他人。在这微弱的生命里，她能担负谁？她不过曾经是一名小小的测量员，然后她离开了，以为一个没有血缘的男人不能束缚她。

“柘，我睡不着。”她摇动他的胳膊。

他嘴巴吧嗒了一下，睡眼惺忪。

“你怎么还没睡着？快睡吧。”他把手放在她的脖颈处，用手指抚摸着。

“你会和我结婚吗？”她突然说。

“会的。”他的声音细微。

“你会给我买一枚钻戒吗？”她执拗地问。

“你想买吗？”她看见他微闭眼睛，小部分眼白露在黑暗里。

“不想。”她不想把钱花在不实用的地方。

他的困倦让他看起来有点苍老。也许等十几二十年，他不睡着时也会如此老态。他伴着隔壁房间巨响的呼噜声，在均匀地打鼾，他们像野地里的二重奏，余下的人都只是麦穗。

她迷糊地感到自己迷路了，在榕城二大桥附近的滨河马路和天桥之间。她对无心撞到的人说对不起，她跑起来像是没有心脏，不会感到心跳和束缚。她自由自在地跑，没有人能够感受到那种抛弃器官的轻松。

倦意袭击着，她手脚全然无力，感到挪动身体的阻碍。如果我不在这里。她沉沉地跌落下去，团起的身体往岩洞深处滚动。一路是天然的钟乳石，形态奇特，她在岩石中碰撞，骨头在皮肉中全部碎裂，而她不觉得疼，唯一感到的是惊恐。她张着的口里，恶心感如许多条小蛇从嘴巴往外冒。

她拼命躲闪小蛇。最初的恶心感由气体化为蛇。她知道这是在睡梦里。这是一个躁郁的梦。她会由梦中苏醒。然而她不能忍受凉飕飕的蛇身爬过身体，哪怕在梦里。她无法选择梦。

很快她变成了五岁的女戏剧家，她有一头长卷发。她看着女天主教徒疯狂地扑向耶稣雕像，响亮地吻着雕像全身，舔着耶稣的肚脐和脚。源源不断的教徒从她身边爬过。她被她们舔的姿势恶心得要死。一犯恶心小蛇又从嘴巴冒出。那个叙利亚父亲站在教堂外，嘲笑地看着她。你怎么可能是我的女儿！他说。

她突然惊醒，挣扎着坐起来呕吐，除了一阵干呕，什么都吐不出来。耳边是他和整间客栈旅客的呼噜声，呼噜声慢慢扩大，像病毒黑压压浸染每块墙体、木板、她的皮肤和器官。

她身体跪着在窗边的桌子上摸水喝。跪的姿势让她想起梦中爬动的女人，恶心又泛上来。她倏地站起来头有点晕，还好房间净高容得下她和床的高度，要不然非撞昏过去。弯腰摸到矿泉水瓶子，她拧开盖喝了大口。腿一阵阵麻搐，扶着墙壁坐下去，她的手不小心碰到他的膝盖。他把腿收了收，翻身面对房门。她背靠墙壁，两腿曲着，用手去平抚小腿和脚。

我们要回到陆地上。她听见安德鲁对希恩医生说。那或许是个秋后的好天气。他不想做一个活着的怪物。

她睁着眼睛，在黑暗中才感觉到幻觉多了。她甚至看见一个大水怪拖着硕大丑陋的脚，慢慢从海洋走向陆地，重量踏起的水花把小鱼冲走了。

天色泛起白来，就着窗外的晨光，她看见身上都是红点，被抓过的皮肤微肿，几个地方抓烂了。皮肤大面积过敏。

她有荨麻疹过敏的经验，那种反复发作，几乎能把好人折磨成精神病。而抗过敏药的功效很快，吃过和涂抹过马上就会止痒，但坚持不了多久，就顾不及皮肤涂得白灰一样的药物，只想用指甲划透那层肌肤。抗过敏药的副作用，是让她一个星期体重长了七斤。

现在也有点胖。她在腰间抓挠时摸到了赘肉。

她翻过他的身体，光脚走到卫生间，用凉水冲洗手脚，忍着不用指甲去抓挠痒处。

洗漱干净，她走到放旅行包的椅子边坐下来，屁股下面压着包的肩带。

她只想坐在那里。仿佛什么都不可能再流动。

而她必须做的，是翻出昨晚的塑料袋。她从塑料袋取出压扁的纸盒时，心里一阵紧张，腿劲软弱飘浮，手抖动得厉害，几乎拿不稳拆出的测孕笔。经期推迟的第十天，她想用晨尿，证实自己是不是怀孕了。

她很想用个什么句子，形容此时。而未经过创造的东西，轻如羽毛，如轻浮的心无依飘荡的感觉。什么都不可靠。她眼前闪过电视剧中的妇科手术台，冰冷的器械相对的总是苍白惶恐的女人。

她二十三岁，单薄瘦小，在镜中看起来还是个未长开的孩子。镜中她的脸潮红，紧咬着嘴唇，左肩耸着，右肩似乎跌落了下去。不平衡的姿势让她看自己像一个怪物。她是怪物，她在下一个决心，去相信一件别人轻易会相信的事情。

肚里蠕动一个生命。测试的红线渐显出来时，她觉得自己的肚子也在快速显怀。她突然觉得这一切多么黑暗。是被什么算计了？

关在卫生间，封闭的几平方米仿佛是一个世界，她想呆在里面，而别人全在该呆的地方。她轻微抖动，很快抖得像一个摆动的簸箕。过敏的皮肤失去了知觉感。

她应该尖叫，至少把他吵醒。他能做什么？什么都做不了。

她滑落在地板上，地砖上刚溅过水，又湿又凉。亚麻裙子在屁股下打湿了。她突然具备了穿透和预知能力，她能看见那个小小的肉块将长成一个女儿。即使她慢慢由小女孩长成女人，她也会因她的存在一生都在寻找。那将是被动的一生，她永远惘然若失。如果她在白光中眼睁睁看她被人抱走，隔着的人流仿若荆棘，她不顾疼痛和穿刺的伤痕去追寻，却最终还是要失去。没有谁能握紧流沙。

他什么都不知道。他在睡梦里打着呼噜，用巨大的声响来刺破某时的安静。那些呼噜声在以后的日子中，会把她活活地吞噬在里面。

她虚软地站起身，拉开卫生间门，晃着步走出去，脱去了空荡荡的裙子，顺手扔在椅子扶手上。她在继续脱，脱去内衣和内裤，如果有一层因过敏焦干脱皮的皮肤，她也会将它脱去。

他还在打着呼噜，一个人睡着一张床，让他的身体舒展。她不去看他油光的脸。她侧躺下去，轻轻地往他身体靠，他在翻转身，手臂横过来搭在她的身上，腿靠着她的腿。她感到他在苏醒。呼噜声戛然而止。

走廊和木楼梯响起脚步声。客栈大门外的街道上起了吆喝。沱江上将会飞过大群的鸟。下游也许有养鸭人在放鸭，它们嘎嘎地游在江面上。

他把她搂紧在怀里。她能感到他的勃起。她熟悉他身体的每个震颤，也厌倦高潮后内心的虚弱感。他的精液黏黏地在她身体里，空气中散发着每次相同的气味。他们会再次相拥睡去，却永远触摸不到。

"柘，你害怕过醒来吗？"她在他的身下，揉着他颈后的头发问。

他紧闭着眼睛，没有理她。

"你说人整天忙来忙去，有多少事情与自己有关联？"

"我还是想做另一个人。也许别人也想做我。不是那个人更好，只是想成为那个自己想成为的人。"

他用手掌捂住她的嘴巴，堵住了她的自言自语。

撞击的力度在加大，瞬间她希望那种人体的力度，能把肚子里的小生命逼迫出来。虽然知道不可能，还是那样怀着期望。她希望找份感兴趣的工作。还希望置身事外。也希望他能对目前和未来感到满足。

她知道她不该在做爱时出走。内心像荒漠的湿地。

他在绷直中松动。

“你好吗?”他问她。

人物实操课

有个青年男人，半夜睡不着走上天台透透气，闻到一股烧煳的味道，循气味找到一个炉子，上面架起一口锅，锅里满满装着油，锅壁斜靠一根腿骨，黑乎乎的脚指头和脚板冲向天空。青年男人。颜陌停顿下来，怔怔地看着总教。男人怎么了？总教捉起她的左踝关节，俯身看向她问。他哆哆嗦嗦凑身向前，脚下一滑手打向骨头，腿骨受力从锅里掉了出来。她说话时，总教开始旋转踝关节，又轮流往两侧按压，随即按压比目鱼肌和腓肠肌，她感到左小腿的痛感拉紧，不禁吸了口冷气。

他的眉眼、高个偏瘦的身材、说话有点绵软的音调、发怔被打断扫向人的凌厉神色，颜陌一边想，目光跟随总教换到身体右侧。她日常并不盯着人看。她想象那只倒插在油锅里的腿，掉落在热油溢出锅弄脏的地面上，如果他置身现场，大概再也不会想吃哺乳动物的腿了。

他摔跤打翻了油锅？总教在两侧按压过右踝关节，同样按压右小腿的肌肉后，把她的腿放平望着她问。她为迎向他的目光吃了一惊。那口大锅装满油，并不容易打翻的。她突然笑起来说，你想听我形容一下那条腿不？我上过解剖课，尸体就那么回事。他又走回她的左侧说。

那条掉出来的腿，大腿只剩骨头，拿瓢往油锅捞，你猜那些大腿肉是沉在锅底，还是漂在油面？她假装满不在乎地问。这个没有意义，倒不如直接说案情啊，总教抬高她的小臂，旋转往头顶拉伸时说。她被牵引的手触到他的头发。青年男人倒地晕死过去，醒来后报了警，案子我们很快破了(她把“我们”说得轻而快)，死者是个妓女，天台平常都是锁着的，钥匙在房东身上，房东是个能占女租客便宜，便不会放过的鳏夫，当然他交代说是妓女勾引他。中三角肌似有条被卡住的疼痛，她停顿一下，强迫自己构筑拉锯的场面，房东与租客有意无意地勾搭，几个月后房东想一拍两散，向租客重新索要房租，租客被白占便宜纠缠不休，房东偏执地认为杀人一劳永逸。中三角肌的疼痛限制手臂的活动，总教的辅助拉伸让疼痛拉得更紧。一个妓女……颜陌大口呼气说，他说到妓女的轻蔑口气，好像杀个妓女无关紧要，他甚至总结了一下失败原因，他是被人肉叉烧包那种故事误导了，说时还挺委屈似的……你知道吧，在他的意识里杀人是件大事，但杀妓女是件小事，处理尸体应该是件简单的事。

总教把颜陌的头往后仰，在拉紧的胸锁乳突肌的起止点按捏，她疼得只想往后缩。一会他叫她翻过去趴着。等她坐起来时，他把按摩床的椭圆塞子取出。她趴下去把脸埋进洞里。疼痛被松懈后，她整个人松散如泥，双手自然垂向地面。

房东为什么不把女的肢解碎掉，要用油锅炸又半路跑了？总教问。

他准备了刀，但是人骨的坚硬超出预想，而且晚上剁骨头动静太大，他只能匆匆就大腿根把妓女肢解成三大块，他以为肉体经火和油会很快溶解，直接把大腿插进油锅，但他失败了。她缓缓说着，想象房东抬起盯住油锅的眼睛，腰背略弯曲扫视天台。左侧角落撑着药店淘汰的白蓝太阳伞，伞面上的广告语字体部首缺失。月光映衬下地面一片狼藉，血液冷却后凝固成暗色，妓女的上半身和右腿分散两处。此时夜风拂来都是血腥味，连右侧角落鸽笼散发的臭味都掩盖不住。平常咕咕乱叫的鸽子，今天异常安静。她想着鸽子瑟瑟发抖而聚集的样子，扑哧笑出声来。

你想象一下。总教在摸索她的脊柱椎体位置，反复两遍后一节节往下按压，她听着椎体孔隙发出的响声，等他停下她接着说，某个夏夜在一栋自建的简易楼房，那种两侧裸着红砖腻子粉都未刮的房子，天台上不时传来剁骨头的声音，空气中飘荡浓浓的血腥味，起先人们会以为是剁牛骨羊骨，但持续的砍剁声容易引发好奇，虽然他反锁了通往天台的门，当他在架起的大锅中倒入油，把准备的烧燃的煤炉盖子打开，炉火往上蹿，热油吱吱响炸着妓女的大腿，一股焦枯味渗入空气，他会感到恐慌，肢解尸体已经比预想复杂，然后是一大锅残体，关键是骨肉并不会溶解于热油。总教示意她反手撑着床面，双臂和腰部绷直向上，头颈往后仰。她感到以往的疼痛经验并不能帮助她熬过这堂课。

你是参加了破案还是审讯？总教突然问。

她不置可否跳过他的问话，接着说道，有些人做事凭直觉，他们不会周全考虑。她说时脑海中想到的，大概总教也是凭直觉的人。这堂肌肉放松课，她仿佛是熬着等待结束。她觉得自己是交出去的一团泥，由他揉圆揉方。平常她总躲着与别人握手的时刻，如果对方伸出手，她只好迟疑着伸出去。在总教面前，她真正成了病人，开始把他当成年轻医生建立信任，用来克服与陌生男人肌体接触的难堪。他很注意分寸，按摩颈部肌肉时，他会把她的运动衣拉上一点，隔着衣服按捏；她在上举壶铃腰部没有挺直时，他只会用指头点下腰提示。但如她趴着做手臂拉伸时，他们反手抓住对方的腕关节，这样就避免不了，有时他们擦到对方的脸，有时他们也需要碰触手。

此刻他让她坐起来，双手交叉抱臂，他环抱住她拉着她的手侧转，对应的腰部肌肉受力拉紧。他身上有淡淡的 CK 香水味。她挺直的背几乎靠着他的胸膛，甚至感到了一种暖意。在最初她依然对他存有偏见，哪怕他有丁晚差不多的脸和语调。没有人会像总教，刚认识就告诉对方自己要离婚。尽管她依旧显年轻，可十几岁的年龄差，人家对一个正在老去的女人能有什么企图？她甚至保护不了自己的颈椎。

颜陌趁出差去魔术城堡看情景魔术，现场迅疾地切割和变换活人，虽然知道是一些机巧、道具和速度造成的幻境，她依然想与总教分享。每日一个小时的相处，他俨然成为熟悉的人。这个第一句话就问她是不是离异，一开始聊天就告诉她正在办离婚的男子，似乎有着莫名其妙的逻辑。况且他有个混码头的父亲。这是对被港片大佬俘获青年精神的父子。他们心中有江湖。有时她分不清他是有趣的人，还是年轻的有趣。

她又去电影工作坊体验了失重、地震、绿幕和录音棚。总教问她，是旅游行业吧？她坐在酒店前的露天吧哈哈大笑。不是公安系统吗？我们在讨论案情，她打趣地说。可能是低调的私家侦探，他回答。她想起他总是好奇她是干什么的，有次休息间歇他说她看起来就像大家闺秀，像某个人，她追问是谁，他想了半天大概一时想不出谁，说像慈禧。她愣了一下，然后想象装扮成慈禧，戴着宫廷剧中华丽的长指甲套，自个乐坏了。

他说要给下面的主管、教练培训了，没业绩压力大得喘不过气。她犹豫一下，问他有多少任务？又问健身房是否在做活动？总店和分店各十万，会员的福利来了。他大概也是犹豫一下对她说。她假装惊喜地说，我也有福利？他介绍私课活动，建议她囤两个名额的课。她爽快就答应了，说等她回去办理。第一次试课她就买了他的私课。也许当时是因为丁晚。也可能因为丁晚，她不想被他以顾客对待，令他说过多话。她想保护一个年轻男人的自尊心。

总教很认真对待她的课程，教新动作时说明是加强哪组肌群，拉伸关联到哪些肌肉。他会观察她的每个动作完成度，根据情况调整或协助她完成训练。有次她带去朋友送的筋膜枪，他给她仔细讲解每个按摩头的用处。有次她又带去新买的拉力绳，他示范可用来完成的动作，对她的不规范加以矫正。这个想开个酒吧、栖身热闹场所的年轻男人，他的内心江湖汹涌，但做起事来一板一眼。她从一开始就说会尊重他的职业。

昨晚炖的雪梨，你女儿吃了有用吗？她应该提醒他放点川贝。好些了，她妈在教她看书。他有时会分享那个小女孩的日常，那些可爱就像筹码。她妈既然是好同志，离婚再换个人也只有短时期的新鲜感。她的劝慰像是某个程式。她究竟不过是个陌生人。她连自己的固执都松动不了。

她一直按部就班，在劳碌中倏然长到开始老去的年纪。虽然她保持着危机意识，也尽力去体验各种新生事物，和周围的年轻人言谈没有代沟感。她从未想过她会真正从年轻人中脱离。出差期间，她和总教聊疫情对健身房的影响、行业的恶性竞争，以及印象深刻的案件，他们也说到各自幼年某些鸡毛蒜皮的事。但她的内心总冒出微微的不适感。他礼貌而看不出殷勤。他掌握的度恰恰是症结。她突然感受到女性老去的五味杂陈。

有时她会觉得自己话多了，对于朝气蓬勃的年轻人，他们不需要了解你。她会急速结束话题，保持年长一辈该有的沉默。他如风雪中一人一骑的豹子林冲。她在台下安静坐着，他在屏幕中背影游走。虚妄和无边无际的雪。他却又猛然回头，有着茫然拒绝的姿态，抬眼看她时凌厉一瞥，然后趋变成一张柔和无畏的脸。柔和与无畏，如此对立又乖张。

她认识他后，开始会盯住一个人看，她会阻止自己移开目光。他的样貌、举止、神情与丁晚那么相似。她总记得他们的年龄差，她需要习惯在年轻人面前舍弃羞涩感。有次在一组加强腿部肌群动作的歇息间，他说起二十岁时认识的高三女生，知道他已有女朋友，恳求他陪她走过高考，她给他送早餐，给他的租房做卫生。关键是高考后女生消失了，遵守了自己的承诺，她令他念念不忘。在他们的相处中，丁晚常常浮现出来，如果没有总教，他大概会在她的记忆中一直沉睡。

第二天在一家“莜面村”店吃中餐，隔壁桌的小男孩找她攀谈，称赞她点的番茄莜面鱼鱼、蒙古奶酪饼和杂粮饼好好吃的样子。那种假装老成的攀谈，交换对食物的观感，小男孩有着赞赏的目光和口气。和总教的女儿差不多大，刚好学会理解和思考。她不免记挂她的可爱，又懊恼不过是照片和视频中的小姑娘。服务员端来月饼试吃碟，她立刻就想到小女孩喜欢的奶酪口味。包装清新不显平庸。她留下一盒，继续和小男孩谈论食物，突然想起应该注意下保质期。

真失望，月饼竟然快到期了。更失望的是此举的漫无目的。就像她一直持续的生活，除了劳碌并无目的。她看起来的确像是离异的人。有时候她以为深入的是生活，回头看发现延续的是惯性，这种顿悟同样带给她不适。凡此种种，她和总教的熟识中，总有些微的不适感。也许只是这个年纪的临界线，换个年轻人相处，或许同样带给她不适。他们的礼貌和不够周全，他们拒绝和中老年人同桌吃饭的坚决，他们随意谈论对异性的爱慕，他们有大把时间做错什么。而她从生活的起端，就谨小慎微渴望游离，又在竖立的两把戒尺中衡量自己的步伐。

她知道他在等待她出完差回去。不言而喻。无论她有多么丰饶的内心，岁月在她身上积淀了什么，她对他的意义简单明了。她想他也并未把她就当成一个老女人，但他在对她花时间。这个姿态并不是年轻人独独具有。她也常常在不适宜时沉默，在工作关系中保持一种耐性。你可能不会纵容亲人，但偶尔在人前想令自己隐形，而解决之道，就是保持更深的沉默，颜陌已经对此怀有经验。经验让她感到悲观，同时又是一种隐遁。

隔了几日，健身训练前的拉伸，肌肉记忆似乎消失了，疼痛感独立而隐含深度。她说上次被折断了翅膀，今天恐怕连灵魂都要受伤。总教说没关系，还有七魂六魄。三魂七魄都不能满足你的折磨欲，还要七魂，你真是要坐实魔鬼教练的节奏。颜陌大口呼气，尽量保持声音的连续性。

今天做腿部加强训练。总教拿眼看她。她起身跟他挪到训练区。他示范单腿站立的动作，大腿与小腿构成九十度角，手掌交叉抱住膝盖。她右腿站立时总是摇摇晃晃，一会儿都稳不住。左臀部近胯骨处有一条隐痛。因为部位尴尬她甚至无法说出。他说她得加强平衡训练。

先给你讲个故事吧。她说道。有个酒店报警，说是一名女性在一间客房门前使劲拍门，情绪激动地要进去抓奸，谁劝解都不听，她说她不想闹事，就想知道里面女的是谁，否则就要跳楼。我们（她依然把“我们”说得含糊）先把那个女人安排在会议室，敲她丈夫入住的房间门表明身份。有个男人应声，但只允许警察进入。我们进去后，屋里确实有个小女生。男人态度强硬地说，他们只是道德问题，并没有违法，又强调不准他妻子进入，否则会死很多人。然后不论再问什么，他只顾狠狠地吸烟，一支烟几口就抽完了。房间里烟雾缭绕，呛得小女生直咳嗽。

那你们怎么办？总教走向区域分隔栏杆，取下一块瑜伽垫，又从靠墙的置物架旁拿来两块瑜伽砖，然后问她。

我把窗推开一点，把小女生带到角落，女孩一直低着头，肩膀时有抽动，一时又像被烟雾呛得厉害，手掌交叠掩住口鼻，头部侧斜，眼睛盯着踢脚线的位置。她的头发有点自然卷，右额前发尾弯曲贴着脸腮，我帮她轻轻拨开时，她把左手握拳放在身前，右手摊开掌心包裹住左拳，致使双手拇指交叉成三十度角——那个姿势有点像孩童玩手影。我也不着急说话，盯着床头背景墙上的壁灯，推测她和男人的关系。女孩先沉不住气，她说她是男人的亲侄女，父亲是个浪荡公子（她用的不是“游手好闲”），从小都是伯伯照顾她，送她上学给她钱花，伯伯想做什么她都愿意。颜陌还想接着说，总教让她脱鞋脱袜子。

颜陌呆立一下，然后坐到瑜伽垫上松鞋带。她俯身慢慢拉松系紧的鞋带。每个女性都有鞋店试鞋的经验，旁边也会站着陌生的男性，她从未像现在内心抗拒。她又磨蹭一会，最后毅然脱下鞋袜。

总教在旁边示范动作。她踮起脚掌承力，臀部压下去，折叠的双腿与地面平行，双手各撑着两旁竖立的瑜伽砖，但她东倒西歪稳不住。总教绕到背后，把她的脚后跟并拢并卡住，鼓励她在原有姿势上，双腿抬高膝盖往前伸。踮起的脚指头受力更大，右手撑着的瑜伽砖移位滑出去，她往右斜倒时坐到瑜伽垫上，迅速收回腿，双手握住疼痛的脚趾。总教起身去置物架拿来两个泡沫滚轴。

你猜后面怎么处理的？她看他把滚轴代替砖竖在瑜伽垫两边，又转头看了看器械区只穿着运动内衣和短裤的年轻女性，坐在卧推凳上短裤露到了大腿根。

考虑到小女生已经成年，双方又是自愿的，确实存在引发严重家庭暴力的危险，我们警告双方处理好关系，调来消防车，悄悄把女孩从窗户吊下楼。在酒店会议室稳住男人妻子的同事，看我走进去便起身离开，留下我和那位妻子谈话。我说我和她丈夫谈了很久，他讲了很多他们夫妻之间的矛盾，但房间里确实没有其他人。那个妻子一脸不相信，一定要进到房间翻箱倒柜一番，最后狐疑地离开了。颜陌说到这里，总教拍了拍瑜伽垫，她跪下去踮起脚掌，臀部压下去，双腿并拢离地。他让她把腰挺直。她双手撑着滚轴，脚趾疼得像细虫咬。他帮她稳住身体，让她尽量把膝盖往前送，那种咬疼感让人心生烦躁，不顾一切想逃离。可是总教卡着她的脚后跟，相互挨靠的跖骨挤压得生疼。他说手太用力，要放松，让她轮流从滚轴上抬起手。她觉得脚拇指都快断了。

旁边的其他教练让她把疼喊出来。她只是无声无息地挨。等总教倒数到1，她依旧快速收回腿，手掌卷握住脚拇指，眼神呆滞地望着总教，余光中镜子里头发蓬乱。

他开始说起一段足浴经历，就像主动和她谈到离婚，没有什么避讳。他有个当兵复退的朋友，约他去足浴中心，他们被分隔两间，然后有个穿包臀短裙的女孩进来，问他是否需要冲凉，夏天热一身黏汗，于是他进到浴室，女孩突然扭开门锁，问他是否需要帮忙。我连澡都不会洗啦！他愉快地说，我开始不好意思，后来想她看我也不吃亏，就由着她看。等他冲完凉，女孩给他裹上浴巾，让他半躺到足浴椅上，端来热水和桶。按摩足底的手法很舒服，我都快睡着了。他又笑着说，突然感到有些不对劲，女孩的手抓了上来，我赶快让她不要这样，告诉她我不需要。他说到不需要的时候，笑得有点放肆，眼睛用力眨巴着。

颜陌想，这大概就是年轻男人自恃颜值，对自身男性魅力的毫不犹豫。他甚至都没对她讲的案件有丝毫评价，没有提出任何不合理，就对她讲了这段足浴经历。她开始还在犹豫，讲这样一个案子是否合适，它似乎容易令人质疑她的目的。这个案件有它的社会性，但它就这样被听者接受，难道都不会被质疑？对她来说，讲一个突破常规和伦理的故事，她想证明什么，他们是隔代人？所有的谈论都将成为饭后茶谈？

总教让她换成脚背贴地，跪立姿势，臀部压在脚后跟。然后他压住她的脚，让她腰挺直，双手上举伸展。往前俯身时，他在她背上铺了张薄垫巾，抓着她的手掌拉住，身体往她的背上压下去。疼痛和他手掌皮肤的粗粝，他压下去的力量感，令她有种无法言说的感受。但她坚持着直到他放手。她缩抱成一团，没有表情地看他一眼，然后抬头望着窗外的夜色，以及微弱的亮光。

怎么样？他笑着问她。

我不想和你说话。她笑了一下，不好意思地抬头去看天花板。

他叫她看瑜伽垫上留下的那些小坑，都是她的脚趾印。

我下手还不算狠。他说着去翻手机视频，调出几段女学员拉伸时的短视频。她看见女孩们抱怨、娇哭和捶打他，屏幕随意摇晃。她问怎么拍的？他说是放在地上。她想有的大概也拿在手中，然后惹得女学员扑过去抢夺。年轻人的嬉戏。她想她也是对亲密的人撒过娇的。

颜陌用牙签挑干净浸泡过的桃胶，把切丁的南瓜、小米倒进电压力锅，出锅时撒上一些桂花，热气加速桂花和南瓜香气的飘散。锅里四种不同深浅的黄，煞是好看。她把“四黄粥”用木勺舀进保温杯，急忙给医院的父亲送去。剩下五十分钟到私课时间，她打电话给约好的车师傅，说是接客耽搁了到不了。她只好滴滴打车，派的车距 2.8 公里，路线图上一截红色，接到她只剩三十多分钟。出城和红灯，车子走了一段她确定赶不到，发微信告知总教要稍迟到一下。他回说接到电话要去总店开会。他们把时间改成晚七点。

她回到家里侍弄阳台的花。她把两株深浅不一的紫色满天星，从两个小盆移植到一个大盆里。木槿花早晨开出两三朵，到下午就开始打蔫了，她把头天开败成深红色的蔫花摘掉。三角梅不再像夏天那般开得旺盛，她有深紫红和白里透红两个品种，初秋时摘掉花朵又简单修了枝叶，它们又开了一旬。四季茶花夏天开始种，枝条抽得很高，花色艳丽，只是花形软塌塌的。因为阳台光线充足，她养的大多是开花植物。夏天夜里，她把它们都换了新盆和营养土。她想让它们看起来有秩序和清爽。对面楼的人大概经常看见堆满植物的阳台，那家女人深夜不睡觉在侍弄花。

总教对她的职业猜想，变成了他们之间的乐趣。他最先猜她是医生或老师，因为有点文弱。等她开始讲案子时，他觉得她可能是公安部门的，但是顷刻就否定了自己，她的身体素质弱爆了，但私家侦探也有可能。后来他又问她是不是验尸官，他总在想象她把死者骨头和脏器分类标签的场景。她开玩笑说她是职业谎精，他打断说宁愿相信她是骗保人，或是钓鱼执法的那个钓鱼人。然后他说其实她有点像心理分析师。她便把自己往犯罪心理学专业去表现。假装成另外一个人，这是她年轻时候常常遐想的事情。他是个耐得住性子的人，她想，他不会真的相信她是犯罪心理学专家，他们之间大概有种相互不揭穿的默契。

晚七点到健身房时，总教站在吧台边，背对着和两个年轻女孩谈事情。颜陌走到沙发区坐下，打开爱奇艺继续看《青山翠谷》。他返身时看见她，走过来说那两个女孩想买私课，两个人在商量，让她等一下。她看见她们似乎在笑着谈论别的事，女人们的犹豫不决，商谈一时半会是不会有结果的。总教似乎也看出来，又过来问她是不是等下有事，她说没什么事。他停顿一下说，你要有事先走算了，免得耽误时间。她有点蒙。她打了二十多公里车，没有陪父亲在医院做雾化，只因先约了课，她说过会尊重他的职业。但是她又说过她是随意的人，不用太顾忌，有事不能上课和她提前说下就好了。所以她勉强笑一下，说好的那我先走了。

她有些愠怒地从电梯间走出，顿时被夜幕下的街道所迷惘。绿化带中的三角梅还是大簇大簇，街道两边门店的招牌和灯箱一片明亮，二楼理发店里人影攒动，烘焙店的香气被风带得很远。秋风乍起，遮盖不住的是整个城市的桂花香。而夜色下的街道于她又多么陌生。她由着性子往前走。前天正上课时，有个教练带过去一个三十几岁的女人，问总教有没有空和她聊下，她想了解复健课，他正在给她做拉伸，他说他在上课，让那个教练先给她试课。她说不介意等下，让他先去谈谈。他说那不行，我要对你的课负责，不能把你晾着给别人试课。诚实来讲，她的本意大概是等一下，而不是浪费掉很多时间。现在她被撇下。她得理解他的心急如焚，年轻人的事业压力。她想自己从年轻就未曾放松工作，惶恐背后都是受过更多良好教育的更年轻的人。

总教发来微信道歉，她想晾着他。沿另一条她以为去办公室的路，却不知道走到了哪里。难道她除了办公室无路可去？她继而懊恼自己。她换到这个城区工作两年了，每条路都是模棱两可的样子，出门依赖手机导航。她抬头望天，夜空中有着深暗的蓝。她给他回信说没事，低头走路不知道到哪了，夜风里都是桂花香。

有时颜陌也会认真想，她是否对他有过多善意，那些自觉涌上来的好意是因为丁晚，还是仅仅因为他长得好看？他们讨论过颜值对人的影响。他说如果能够靠颜值吃饭，他能再活两百年。他有着青年的得意。当然他也有着他的原则，他说婚姻期间没有单独跟女性吃过饭。可是你会听到很多女孩的故事，她们巴巴地表白和买醉，他会凌晨几点辗转酒吧接送她们回家。他与他的宝马女孩朋友深夜竞驾，结果她只是赏了他两个面包，诸如此类的故事隐含深意。他的婚姻终究是会走向失败的。也许的确因为年代不同，幼年她会因为被善待被关注感到烦扰，会故意掩盖优点自愿孤立。但她不是他们，她也没有成为他们的机会。

有个男人报警，说他老婆偷人，他要把她杀掉。接警后我们按地址赶过去，警车开到工厂门口，一个男人握着把黄铜刀把的单刃尖刀，失魂落魄地往外走，身后血滴了一路。我们控制住他，问是不是他报警，他呆呆地望着说话的同事。同事推了推他的肩膀，他醒转过来似的点点头。同事继续问，你是不是杀了你老婆？他说了句口音很重的话，我们都没听懂。我问在哪杀的，他抬手指着厂房楼顶。我们带着他跑步到厂房，楼梯是那种平行双跑梯，我们跑得急，在二楼转角处我被绊了一下，还好手碰到扶梯，借力推了一把往旁边跳开，同事从后面扶住我。颜陌站在靠近窗口的跑步机前，边说边看着总教，他把木踏板放到龙门架下，等他直起腰时，她接着说道，我站定往旁边一看，有个上身穿白色针织衫、下身反穿黑色百褶裙的女人，光脚，身子扑倒在底层几阶踏步上，血溢流到休息平台，我提脚在地上踩了踩，右脚鞋底发黏，低头看白色慢跑鞋边全浸上血红色。同事查探到女人已没有鼻息，问报警的男人是不是在这动手的，男人摇摇头，把脸撇到一边。等下说。总教让她踩在踏板上，踮脚够龙门架横杆上的直角扶手，然后握紧不要松手。

他把她推了出去。离地后胸猛地扩出去，地心引力竖向拉扯身体，她感觉胸腺被撕裂一样。她只想把手松开，完全不考虑摔下去的后果。但总教抵着她的背脊，还在叫她坚持。她只好硬撑。等他数秒完落到地上，她赶忙缩起肩背，双手交叉护在腋下。她不好意思当着他的面，把掌心落到胸部。

你还好吧？他问她。

她就是笑。

他不安地去搀扶她。她依旧沉默不语。

他为什么只把他老婆杀了，她偷的那个男人呢？他讪讪地问。

跑了。男人早就听到厂里人的闲言碎语，这天有工友直接拉住他，说看见他老婆和他老乡往厂房楼顶去了。他装都装不下去了。他是在爬楼梯的时候报的警。上到天台，他在一堆废弃物料后面找到他们。他老婆一定没想到他已狠下心，还想护着他老乡。他抽出自制的屠牛尖刀捅了过去。他老乡吓得转身要逃，肩膀撞到他老婆身上，他老婆的身体迎着刀刃又插入一些。他说抽出刀去追那个男的时，血从他老婆腹部溅到他身上。他感觉握着刀的手湿漉漉。女人在背后怨恨地说了句“你们都好狠呐!”，他回头看了她一眼，她双手捂着腹部瘫软在地上。

屠牛尖刀？好霸气！总教插话说。

他们都是哈尼族，就是种普洱的少数民族。男人说十岁生日时，父亲送给他自制的尖刀，平时用来劈柴和宰杀小动物，生日后很快到新年杀春牛，还是他用这把尖刀刺向牛的颈动脉。我和她就是那次后好上的，他提到妻子统统说“她”，既不提名字也不称呼“老婆”。对于那个老乡更是避忌。听他口供的意思，他们结婚后生了对儿女，老乡说一起出来打工，他们安顿好孩子，跟着来到这个厂里。至于“她”和老乡怎么好上的闭口不提。我印象比较深的，是他上警车前，一定要去宿舍换身衣服，他说不想穿着那身溅上“她”血的衣服。我们出于人道主义答应了，几个同事跟着他。听同事说走在昏暗的过道里，不少工友从宿舍往外探头探脑，有个男的在隔壁间一直大哭，嚎着说自己不该多事。

换到史密斯深蹲架去。总教想搀扶她，她摆摆手。然后他在架前示范做深蹲，动作要领是屈臀和背部挺直。她打开步子勉强蹲下去。不对，要屈臀，他强调说。她望着他。他又示范做了几个。她笑笑地往下蹲，动作依旧不到位。你是不好意思吗？总教问。她嘿嘿地笑，因为被看穿，只好把臀部往后送出去。然后他去调深蹲架的杠铃高度，又给她示范做杠铃深蹲。你现在讲案子越讲越顺溜了，他说。

想想也是的，她能把“我”“我们”说得很顺畅了。她能看见“我”涉入案件中机智应对的场景。总教是她成为“我”至关重要的一环。

有了杠铃的施压，深蹲屈臀反而不令人那么尴尬。小时候她以为自己是柔弱静默的人，总也不会想到将来会在健身房撸铁。她一直遐想成为另外一个人，那个人究竟是她本该有的样子，还是对自我人设的反抗或对立面？

我们办完离婚了，他两个指头卡着她的肩胛骨，在背后继续说，挺胸肩膀沉下去，手腕垂直，手臂呈 W 形状，保持身体的直线。

女儿跟你吗？之前她妈不是想争抚养权？她推起杠铃时问。

我们协商好给她一笔房款，女儿跟我，以后也不需要她支付抚养费，她就同意了，我们下午去民政窗口办的手续，办完直接到健身房上班的，所以今天穿得正式一点。他笑着指了指身上的浅咖修身西装，配着一条蓝白牛仔裤，看起来赏心悦目。谈笑间孩子她妈就成了前妻。

明天我还要去政务大厅办房子过户，如果来得及上课再告诉你，记住杠铃要放在斜方肌上，不要压在颈椎上。一组动作完成后，总教又加了重量，练完后休息，他递过水杯时问，姐，你要不要再囤一个名额的课？

她看清楚了他的抬头纹。她一直以为年轻时候只有皱眉，抬头纹才会凹陷明显。

今天活动最后期限了，我的任务还差一些。

我这么多课，那你不得不要忍受我很长时间了，而且没有那么多案子可以讲了。

听故事会会长讲故事有趣得很。他似有奉承之意，她想阻止他讲下去，马上插话说好的吧。

办完手续，他一边嘱咐她回去洗个热水澡别着凉，一边送她到电梯口，帮她按了电梯下行键。全是不必要的事情，她想他们终究有着主顾关系。走出电梯往门口台阶走去时，腿软差点跪下去，她不禁自嘲地冷哼一声。

她该给总教讲一讲丁晚了，感觉她的善意过多，连自己都看不下去了。有几次颜陌都想说起，又咽了回去。那些过去多少年的事，又岂是那么容易说出，就像给植物换盆，需要小铲子慢慢把包裹泥土的根挖出。

临时接到出差任务，她简单收拾一下，坐高铁途中微信总教，要取消晚上预约的私课。后来她想找个话题聊到丁晚。他们说了会训练的事，谈到撸铁和金刚芭比，想一想那种颠覆性的女性形象，她突然发现生活中的很多事情，都可以愉快地谈论一下。于是她问他，房子过户的事办好了吗？他说卡着了。她脑海中过了一遍认识的人，然后给他打电话问具体情况，事情不过是时间问题，而他似乎特别着急。

他发给她一张化验单照片，她看不明白。他说化验结果是怀孕。

她有点震惊。虽然知道自恃颜值高的年轻男人们，大抵不会是长情之人，但这种速度依然令她不适。如果是丁晚，会不会也长成情感丰富的年轻男人，然后拥有她这样开始感觉老去的中年。

她是我和前妻准备离婚时认识的，她昨天去做了检查，她想要这个孩子。

那你准备好要这个孩子吗？

我爸妈想要个大孙子，她说她感觉这会是个儿子，她本来十二月份要考研的，家里也先找了学校那边的关系，如果生孩子就会影响到她考研读研，而且房子过户没办下来，房款没有办法给前妻，她还在家里住着，这种情况都不知道怎么和她父母说啊。总教发来一个为难的表情。

你们确定要吗？

也许这是个儿子呢，我想要个儿子，可这个时候太难了。

颜陌都能感受到他的垂头丧气了。他还有个不到三岁的女儿，是患病的母亲在帮他照顾。他母亲之前还在闹情绪，觉得是自己拖累家庭，说着轻生的话扎他的心。颜陌又有点感到生气，在生活中各种渴望潮的年轻人，怎么还有重男轻女的思想。

那你准备怎么办？

姐，你出出主意。

如果他女友是她的亲人，她首要劝导女孩护自己周全，否则一生只会被动做题。如果把生活过成答题机，他是否又会和女孩应对到底？

你们都想好自己想要的，然后商量着办呗。她没有意见可对他提。她有的经验，是在这种选择上，往利于双方的路上走。某年她深深希望过一个男人愿意留她，但他说到了永远却放开了她。也许他留她，他们也可以过好自己，但谁又知道呢，至少现在的她是看得清的。过了她和丁晚同学的年纪，走进生命中的男人尽管重要，他们也会走出去。

我想让她做个早期的性别检查，但只能抽血送到香港去检，如果是儿子就生，但是她不同意做检查。她想生下孩子自己带，考研的事也不太上心了，和她商量她就说如果读研，让我陪读照顾孩子。我怎么照顾，不要赚钱养家么?

他在发泄情绪。她不知道他们的感情有多深。许多人不都是很年轻就生下孩子，然后孩子也慢慢长大了。她只能说，过户的事我帮你找人催下看。她都没为自己的事托过关系。的确是活得更久，就能明白更多隐性的事物。关键有些人重复踏入一百次的河流，也许她都犹疑地站在河岸。

他不过是一个像丁晚的年轻男人，而丁晚和她一样，早已过了蓬勃的年纪。他离开时她十六岁，对离别和情感充满慌张。此后他像东瀛忍者，一直在地下或树上埋伏，等待她将他想起。他们退回到那个出租房，他嗫嚅着说，我要走了，给我一个吻留作纪念。她腾地血往头上冒。她听到两个人的心跳，他站在对面散发着温度。她慌张说不不不，人往门边移过去，发着抖打开门就跑了。她穿过菜场时一路小跑，那些红的辣椒青的丝瓜竹篮里嘎嘎叫的鸭子，匆匆留下印记。在和总教的相处中，丁晚绯红的脸和菜场红红绿绿的蔬果，有时会出现在他拉到她手的瞬间，有时是整条街隔在他们站立说话的身体之间。

她喜欢翻看总教和女儿看图画书的视频，小女孩咬着奶瓶嘴，他温柔的声音像丁晚在低语。丁晚也曾在这样的夜晚，下班后带着小孩认猫和袋鼠吧，而小孩满脸的稚气，大概能平复他诸多忧伤和失去。

最好尽量快。总教发来嬉皮笑脸的表情。

她当然知道要快。这些年轻人！他首要的是把房款给前妻，把这尊佛送走。还好她不可能是谁的前妻了，她会有血有肉为自己的思想申辩，也可以沉默坚硬，有如少女时路边捡到的马蹄铁。

她有自己做事的一套，但过户的事费了不少周折，牵涉到土地划拨转让，需要多个部门审批。虽然总教对她的职业进行过诸多猜想，她一直模棱两可，日子久了她喜欢上这种不被确定的感觉：你与一个人既不陌生，也不那么亲近，因为不被确定而拥有多种可能。但人深入现实，就会有个身份证来确定你，有甚多牵连把你从隐秘的洞中拔出来，你起初像嫩生生的白萝卜，但泥土包裹你，空气氧化你。她只能用清晰的面孔，去帮总教联系久未联络的人，由着一个个麻烦扑面而来，她硬生生地迎上去。

总教拿到新的不动产证时，她松了口气，才发现从答应那刻她都充满紧张。明明只是时间问题，但他似乎用身家性命在等待，他身后有着一长条铁链等着他去解。他是那个人声鼎沸中只能大声说话的人。但也未必就有人看见他。就像他说过的一个梦里，在一个大大的空间，两个软体球一黑一白，在他身体两边不停膨胀，它们同时向他压下来，他变得越来越小。他会从现实消失。

他就像逆向行驶的人。有些作家会把自己的小说人物带入现实，而他于她却是反向的，是一个现实中却被虚化的人。

洁癖患者

她经过这里，经过那里，再后来只能闪过一些片段，最后在今晨的25路公交车上，尴尬地应付母亲的牌友。右侧少年的雨伞贴着裤子，湿漉漉的感觉令她想拨开人群。“You jump，I jump!（你跳，我跳!）”调皮的中学男生跳进水洼，溅湿女生的裙子。她挤下公交车从积水边缘跨过，细高跟鞋险些崴了脚。用“jump”造句，只能是“The horse jumped across the deep ditch（那匹马跳过了深沟）”，她的脚底永远是亟待跨过的深沟。

暴雨袭来，她在树底下等待闪电。还能等待什么，她站了会向公司走去。

她懒散地坐在前台高脚凳上，任由湿衣裤贴着皮肤，心里浮生蜘蛛爬过手背的厌恶感。公司的门半开，微弱的光亮里，触手可及的只是电脑和宣传册。窗外雨声噼里啪啦主宰了城市。两只沾湿的袖子紧贴胳膊，曲现着多肉的本质。也许乳房的脂肪随时间推移，从胸前松弛到腋下长到胳膊，成为另一堆不会燃烧的脂肪。她感到洁癖的症状减轻了。对一切无所谓。除了自家的椅子，别处的椅子都有无数屁股坐过，她不能像乌龟护壳一样带着椅子出门。

昨晚她在读《恩主》，桑塔格写道：“我讨厌那些旨在说明爱的死亡、怀才不遇和社会的平庸的小说情节。”窗外也是雨。雨像一种困扰，径自覆盖裸现的事物。她执着地想象雨线在玻璃外穿过林昕的头，从十六楼迅速坠落，击叩在地面溅起水花。所有的坠落都加快了速度。而林昕背靠卧室窗台的墙，笔记本电脑搁在膝头，坐在贵妃榻上玩《大天使之剑》，不时有捡到宝石的声音，像迅雷下载成功的提示音。她从床上起身，站在拉开的衣柜前，看着整齐悬挂的春季衣物、孔雀蓝收纳盒分开装着的内衣和袜子、上层码放的装满过季物什的麻布草编整理箱、底层堆叠的经过压缩干瘪的被褥，一切井然有序。她木然发了会呆，回头盯着林昕。他点燃了烟。她收回眼光时，余光瞟到矮书柜上的土耳其蓝瓷瓶，插着一把粉色山茶花，几近枯萎。她忘记拉开衣柜找什么，空手从卧室走入黑暗重重的客厅。

前段时间他们遇到两个借钱的人。一个是林昕的朋友，他从投资考虑，相信对方能兑现许诺的高额利息，并且从交情上拿到楼盘的后期广告。她却对民间借贷的诚信持怀疑态度。只因利息许得太高，有点像画饼充饥中的那张饼。当然她除了表示怀疑什么都没反对。另一个是她的朋友，借钱离婚。古人语“宁拆十座庙，不毁一桩婚”，有道理，但她不相信捆绑的婚姻。

林昕在一个散步的夜晚，告诉她李铖卷款跑了，带着借到的一千七百多万，留下一栋烂尾楼。林昕搂着她的肩，他们不时低头躲避柳枝，沿着职业技术学院的池塘，在发芽的新树气息以及冷风里，林昕放缓脚步，然后对着空气说：“李铖跑了。”她抬头望向医院附属楼，外墙挂着的霓虹像水波纹，朝一个方向推进。那栋楼里住着很多病人，房间透出的灯光却稀少。

“你说病房里的人看得见霓虹的样子吗？那些灯明明灭灭，也许从窗口闪过。”

“桑芾，大家都没想到他私下借了那么多钱，他早想好了，小刀子割肉，又有在建的楼，不怕人家不想卖不出去也可以拿房子抵债。”

她想到经过的那栋建到八层的楼，半年前就已接近停工，围挡里都是垃圾，一些瓶瓶罐罐和塑料包装露在地面，黄土凹处形成一个个垃圾坑。工地停着一座黄色塔吊，塔身和机臂锈迹斑斑，吊臂随时都像松动砸下的样子。塔吊旁边堆着一些木料、钢筋和钢管，由一个秃发矮小的中年男人看守料场。吃饭时间他经常端个大碗，蹲在工棚门口，用可疑和捉摸不定的眼神望着路人。

“地不早抵押给银行了！”

“他的地拿得早，只要房子建好卖出去都是钱，谁知道他赌博欠了那么多高利贷，算计好了怎么借钱，老婆孩子早送走了，整天轮流带着三个情人看车看铺，哪里料想他已然是个空架子。”

人心隔肚皮，当然不知道。她心里想。那三个情人少不得连梯己搭进去。何况他们的十万块钱，在众多债主中微乎其微。

“怎么发现他卷款跑的？”

“他一哥们，对李铖说有张十万的信用卡到期，让他先给他十万应急还卡，留了一个银行卡号，第二天有十万块钱入账，他可以直接去银行取。第二天卡没钱到账，电话不通，人也失踪了。那人之前凑了四百万借他，感觉情形不对报了警，警察一查什么都清楚了。李铖把那哥们害惨了，现在四处躲债。”

她看着林昕的懊丧，想着十万的代价，让他陪着她在一个小池塘瞎逛。借钱给人离婚是什么结果？

远处传来砼搅拌机连续作业的噪声。

钱财损失不过是种提醒，就当股票的跌停。她的问题是，在经过多年的沉睡，婆婆对她生孩子愿望的苏醒。可她不想妥协的就是生孩子。现在更多人愿意对她表示善意，故意偷偷摸摸地说话，腔调好像在传授生彩蛋的经验，其实路人皆听见呵。他们不就是想要那个效果。她总是对母亲的牌友们口气骄傲，一等她们神神秘秘地凑向前，她就主动说他们结婚前说好不要孩子。

她一直以为林昕能顶住压力，但渐渐发觉被他卖了。结婚前他们说好各自搞定家里，她对母亲的性格拿捏妥准，林昕对婆婆的纠缠却难以应付。本来他说不想要孩子，婆婆要一味执着，只会先找他麻烦，但婆婆胶住她了，三天两头打电话，以前她还耐着性子，最近已经不接电话了。小时候她就具备认死理的品性。也许这是洁癖者的本质，她不止一次这样想，所有的癖好都是一种执着。她能如何解释想脱离的心情？就如音乐盒里的跳舞娃娃，突然失去磁性的控制优雅地飞越出去。

年前她开始感到右边胳膊疼，从间歇性的阵痛变成连贯的剧痛，直到右手臂抬不起来。她觉得自己时刻处在行刑中，右手腕被铁链锁在一根铁柱上，脚下有一个触电装置，只要她没有伸直手臂，脚向前跨出一点，踩着的触电装置会让电流通遍全身。她的胳膊一直处于伸展的疼，只能用左手不停抚摸，以期缓解疼痛。但没有实质效果。腊月二十四小年夜，她不得不在漫天的烟花中走向医院，闻着空气中浓烈的二氧化硫的味道，左手掌在右手臂上不停摩挲，想止住那如皮肉分离骨头，又找不到具体痛点的疼。

她去的职业技术学院的医院附属楼五楼，找神经外科的住院部值班医生。她走进大楼前，丝毫没有留意水波纹的霓虹灯，只有密集和一头雾水的疼痛感。她期望迅速得到医生治疗。她走过依旧塞满病患的走廊，走进忙乱的护士站，从里间门走到医生值班室。头发卷曲的青年男医生低头写着一份病历，偌大的值班室平行摆放着一溜办公桌，几张木椅散落各地。医生抬头示意她坐着等下。总有些时候不得不把自己抛出去给他人，她坐在椅子上克服手臂的疼痛，一边怀着期望，一边泯灭医生的可信度。

隐匿性抑郁症，她不过是确诊这个病名。医生当然会告诉她要心情平和、多休息。许多新的病症名字后，医嘱都是不要劳累保持好的心情。服用的无非是调节抑郁的药物。两个星期后疼痛并没有减轻，她停止了药物和治疗的希望。一些天的忙碌后，她突然发现疼痛消失了。

此时她把电脑打开，没关电源的音箱声音巨大，开机声响彻整间公司。雨声像滞后的电影配乐。开机带来广告和讯息，越来越多匪夷所思的事件充斥网络，让她感到不信任和隔离感，无法分辨真实性。声音旋钮是转到最大的。她想让声音淹没屋子。

犹他州的 Jon Schmidt 用钢琴与大提琴家交织的 *Rolling in the Deep*，是听腻枪炮与玫瑰、Pink Floyd、涅槃、德国活死人、恐怖海峡、Club 8 和万晓利偶尔换的口味，大提琴直接领入演奏，沉闷强硬，她喜欢曲子的开篇，有着浓烈的悲伤氛围。

她依然记得在酒吧，Beyond 的《喜欢你》的过门响起，她专注地看着林昕演唱完整支歌。林昕说话的声音有点古怪，沙哑和尖利同时存在声线，但通过话筒唱歌，声音呈现磁性部分。她静静坐在角落，听他唱崔健、许巍、黑豹。当时她即将大学毕业，成为小城的困兽，认识林昕让迷惘期突然结束了。一毕业他们就结了婚，不管双方家庭如何反对。他对父母摊牌直接，反正非桑芾不娶，态度坚决强硬。她则一点不在意母亲和继父的忠告。母亲暴跳地发作，随后又传染到继父，她看着他们交叠在屋子里穿插，企图向她说明，林昕一点也不适合她。

现在她想起随林昕走穴的时光，就像早期电影的默片，画面上缺少语言的行为举止，让动作接近纯粹，甚至可以看到一个想法的流动，人物角色经过多次演映，已令观众默记于心。她记得林昕身上好闻的干净味道，记得他清淡地笑时，眉峰过于独特地弯拱，鼻梁抽动时微微往右侧。他以一个摇滚歌手的身份，保持了干净的生活习惯。现在他是个油瓶倒了不扶的主，脸帕和袜子一样随手乱放，衣服上混杂很多气味，走在身后总令人感到焦虑，他是否在每件事情上都潦草地对付。

她不想生孩子的想法由来已久，只能追溯到童年时期。或许是因为洁癖。而洁癖如何得来，又得回溯起源。也许是因为母亲生活得太随便，随便地生下她，随便地养育她，随便地对待她的成长。母亲干活手脚麻利，但洗过的碗还有残渣，擦过的家具满是水痕，煮的青菜里缠着头发。她坚决地走向了母亲的反面。

她讨厌继父碰她的日用品，如果他不小心碰过，刚好被她发现，她会暴露一个女孩的坏脾气，生闷气说什么都不搭理继父，然后死命去洗他碰过的物件。她养成了回家就查看床单的习惯，如果床单有多余的皱痕，她就知道有人在床上坐过，立刻会怒气冲冲地换下床单。餐具若是被人用过，那是必定不会再用的。初三男同桌因为动了她的书，她顺手用圆规扎了他的手掌，当面把书撕碎。高年级男生总在楼上扔粉笔头和碎石子，打中心仪的女孩引起哄笑，她带着憎恨的眼光抬头盯他们。有次傍晚回家被一个酒鬼从背后抱住，她心里恐惧，却几乎要不能自控地用石头回敬他。

她过早敏感地防范继父。她想亲生父亲都能做下苟且的事，没有血缘的继父，谁知道何时兽性发作。中学时她开始寄校，母亲不在家就找理由出门，不管多困睡觉总先扣好门锁。她讨厌亲昵，跟母亲说话也隔着距离。母亲嫌弃她的病态，脾气上来抓起手里的东西扔她，有时是洗刷中沾着洗洁剂泡沫的碗，有时是缠绕断发的塑料梳子，有次是一只活鸡，抽动着爪子飞向她。她洗了很久被抓伤的细痕，总感到鸡爪中的细菌透过伤口，流经她全部身体。

在成年后她身上总有很多碰痕，淤青黑紫，她却突然地不再关心。时光消磨了她的怪癖，站在镜子前，她看到的都是自己的外貌，内心的孤僻成为夭折的麂鹿，被埋在荒野深处。

她以为和林昕的第一次会很困难。她过分相信女性的自我保护意识，一定害怕被侵犯的感觉，但实际她享受和林昕做爱。他们曾经那么炽烈，等不及采取避孕措施，她在一次不小心中紧急避孕失败，化验单在手中抖动得像经受台风。当母亲恳求她留下孩子，她想着她的血如何供养一个孩子，那个细小的东西在子宫里血乎乎的。手术台则是最冰冷屈辱的地方，任由戴着一次性手套的手和机械鼓捣身体。更难以接受的是微管人流失败了，数天里她呕吐了一生的痛苦，清宫术让她的心再死了一遍。

也许因为年轻，孩子的确是服药后怀上的，婆婆接受了事实。这也让她产生了假象，以为只要坚定事实，婆婆也不能怎么着。她轻视了婆婆的坚韧，那个独居在公公工作的城市，却空等流连在外的丈夫回家的女人。无数次她在电话里，说到如何忍受公公的背叛，一个人如何含辛茹苦，林昕幼时如何体谅与依赖于她。她总是强调夫妻的和睦，却一直没有等来与公公的恩爱。她归结为男人喜新厌旧的本性。她以各种方式劝解和胁迫，让她有病就早点治病，生下一个孩子拴住林昕，这让她感到深深的羞辱。

春节接公公婆婆过年，婆婆翻箱倒柜找出避孕套，劈头盖脸扔在林昕头上。新年在失控中到来。她大声咒骂他们欺骗她，像杂技团满腔怒火的火球。她收拾着衣物要离开，她觉得衣物会被她的光热烫出窟窿，如果林昕去拉扯，他的手会被烫伤，衣物则顺着窟窿撕开，发出裂帛的撕响。她深深地坐进沙发里，疼痛的右手臂时刻等待婆婆一把扯下它。公公和林昕歪斜地站在门边，像两棵歪脖子白杨树。婆婆从房间蹿出，用旅行包隔开公公，拉开门气汹汹地下楼。

婆婆的离开不过是一个插曲，在婆媳难以调解的关系中，生孩子占据大部分元素，而她和婆婆从未正面交锋，她怎么还能要求什么。对他人的要求最后都会落空，这是少女期便得出的结论。

婆婆和继父，成为她不想靠近的人。也许与继父只因她自小的冷淡，心里都存着梗刺，让彼此比客人更难以包容。而婆婆却因是林昕的母亲，无从挑拣。有时她也会反省自己的抵触情绪，但成见已驻扎心里。就像少女时她认为别人碰过的东西是脏的，坐别人坐过的椅子会沾染气味，对他人的憎恨是精神不洁，有众多理由令成见沿袭，虽然洁癖症状早在成长中逐渐消磨。何况林昕已探到了她的身体深处，那些小孤僻早年也已掩埋。但终究有什么，使一个人心中的印记无以消散，经年难安。

林昕曾是小城早期的酒吧歌手，只在晚间弹吉他唱几支曲子，等到钢琴表演他们就离开酒吧，在夜里的街道上追逐嬉闹。他的收入较为稳定但没有连贯性。她毕业后考入残联，负责为残障人士联系就业机会。他想要给她更为物质的生活。他们都知道酒吧歌手不能长久，况且林昕没有做音乐的野心。他辗转在省里的几个城市，转行做了公司策划。

那年元旦她没买到坐票，站了一路去 Z 城看林昕。他在火车站接着她，帮她装好新买的手机，旧手机复制过去的短信里，夹杂他试用时未删除的短信。她转回头向售票厅走去。他拦住解释说只是玩笑。好的，只是玩笑。她挤出笑容快步走着，脑子里一片空白，身体禁不住抖动。他没有追她。

十几个小时，正午他还和她站在阳光里，帮她焐热过手，深夜她从火车站走出，在水桥上只想一跃而下。寒冷的风和呼啸的车辆，淹没了哭声与绝望。她抱着冰冷的身体，蹲在桥墩边，从栏杆花隔间看着黑暗中平静的水面，也许水流汹汹，她不过是太过近视，看不清一切藏在暗处的汹涌。杨罕和从她的抖音中分辨出地方，把她从桥上接到宾馆。

当她走进宾馆大门时，心咯噔了一下。她知道他喜欢她。这么深的冬夜，也只有爱慕能让人从床上爬起。她无助而迷糊，失去了往日的心智，或者此刻没有任何东西需要被重视。她忘了洁癖和危险，似乎只剩糊涂的冒险能挥霍掉痛苦。她甚至假装成经验老到的人，脱去外衣睡进被子，对他说抱歉，她正在月经期。整晚她在睡眼蒙眬里，感受到他在她身上蹭，那么疏远的异样感，那陌生的气息和环境，令她昏昏沉沉又惊跳。

清晨他们去吃自助早餐，坐在靠窗位置，阳光洒在杨罕和身上，杯碟的碰撞不断发出清脆的声响。既然林昕要翻过她，她不过是一笔旧账。她含着食物望着街道上的流动。

她不愿接到林昕的电话。电话也没有响起过。一段时间她迷上杨罕和郊区的果园。黄澄澄的脐橙挂满枝头，摘完果转眼春天，桃花和梨花就该开了。杨罕和喜欢站在身后，吻她的耳垂。这勾起她想到林昕近期吻她的耳朵，她有难以抑制的冲动，但过去的几年里他从没有这样做。

她和杨罕和开着电取暖器，坐在窗边看累累果实，也看到天边的萧瑟。有时他在烤火桌下捉她的手，在她手心轻挠。有时挤进她的椅子空余的地方，环抱着她趴在背上呢喃。有时他突然狠狠地说林昕的坏话，然后又道歉。有时她接受他的亲吻，有时撇过脸去。她知道自己不应该。可他同样不应该。他假装她不是别人的妻子。她不知道的是要从他身上得到什么。

偶尔周末他们在屋子里看电影。杨罕和拉过椅子，把头枕在她肩上，或干脆坐在她椅子背后，她能感觉他的需要，然后他站起来走开去。一些时候他们在接吻，他情不自禁去揉搓她的乳房，她把他的手推开。一个下午电影里放到了性镜头，他们都屏着呼吸，她听到他在身后的低吟，然后一把抱起她放到了床上。她被他忽然的冲动弄得很激动。他压将下来吻着她的嘴唇，手在身上移动，试着解她的衣服，她犹豫着被脱光了。他拉过被子盖在她身上，闻到陌生的被单气息，她心里被陌生的爱欲鼓胀。“等一下，”她软弱无力地喊停，“我还没准备好。”此刻他无法停下来。她推他，开始扭动拒绝，他的脸马上变得很难看，但没有停下来。她索性不动了。然后他趴在她身上，慢慢泄气，睡到旁边仰面躺着，用胳膊遮住脸。

现在她知道这场进程中得到了什么，不过是一次污点。她想用自己的污点消解林昕所带给她的背叛。她引诱并利用了杨罕和的感情。而杨罕和大概也抱着会得到她的信心，那样殷勤地陪伴。她喊下停，他们之间的扭结变得松垮。她失败了。她难堪地光着身子睡在杨罕和身边。当她侧过身看着他时，看见他眼眶的潮湿，她逃似的套上衣服离开。

她给林昕拨电话。他在那边懒散地喂。她鼓了几次嘴，终于说出我们离婚吧。他在那边沉默着。她挂了电话。

杨罕和突然变得很疯狂，不停拨她的电话，毫无顾忌地敲她的门，她也豁出去似的任凭他敲。下班他守在单位门口，她就熄了灯躲着不下楼，直到夜幕很深他离开。他在短信里恳求她，不要这样对他，不要离开，她只想快速结束这段感情。一定是她把绝望嫁祸给了他。短信里他说杀了她好不好，然后自杀，让小城去轰动吧。她读出他假装的轻松语气。对他的愧疚令她更想快点结束。

他并不想让她那么快从身边溜走。他求她再见一次面。他需要安抚，需要时间离开。她也需要自己去面对他。他把她接到果园的房子，进门就抱着她，头埋在她的身上。她的衣领湿了。她的心有崩堤的感觉，她觉得自己涌现了慈爱的一面，她同情他的遭遇，想要安抚他。然后她又一次被抱到了床上。她不是处女，不过是一次人类本能的性冲动，此时此景她应该满足他。也许他得到满足就会真心放开她。他在吻她的脖子，她感受到了自己心底的欲望。她噌地惊醒过来。“等一下，等一下，”她推他，“听我说。”她把拳头用力打在他背上。他抬起头茫然地看着她的脸。她被想要的欲望弄哭了。他看见她的泪水，顷刻爬起来，一巴掌扇在她脸上。

他们都消停了。

林昕在一个夜晚回到家里，她正在加班，桌子上堆的都是资料。他把包放进房间，在她旁边静静站了一会，转到厨房洗掉放在水池的面碗。夜里他睡在身边，身体散发着洗过澡后的清淡味道。她没有挨着他，也能感受到他的暖。她想像以前把脸贴着他的胳膊入睡，然后痛苦地知道，有些东西在他们之间断层了。她背过身子弯曲身体，听风卷着城市的轻浮之物、车像惊悚片里疾行的呼啸、心在荒凉的野地里跋涉，寂静让所有的声音无限。

她等着他开口。他试探着拨她的肩膀。他的手心好烫，那种暖度迷糊了她想要假装的强硬。他说那真的只是玩笑，然后停顿下来。时间让她复述不出短信的内容。她有过太多相信，是因为林昕的温暖，仿佛他为她搭建了与世隔绝的桥。现实是没人十足懂得对方的心。她也不能肯定自己的坚持。她听到自己说算了。这一刻她不想再去辨别真假，如果谎言继续，总有一天嶙峋露骨。她想快点睡着了，醒来有些事情忘记了。

她跟杨罕和拖拖拉拉又见过几次，只是都在咖啡厅。当服务员离开，总剩下他们面对空寂，伴着门外咖啡厅应有的香味和声音。她害怕沉默使他多想，甚至不经挑拣，用说话隔绝尴尬的气氛。有次她说本来想和林昕离婚，婚姻让他们过去几年只看见对方，现在林昕看到了外面更想要的生活，如果他确定，她以为自己该放开，但林昕似乎没有准备好。

“那你呢？”杨罕和盯着她。

她绞着餐桌布后悔多嘴。

“那段时间和他几乎没有联系，已经想到最坏结果。”

“你为什么不考虑嫁给我？”

“如果林昕没有放弃，我想陪着他再走一段，也许下一段会分开，也许一直走下去。”

“那你对我是怎么回事？”杨罕和激动地问。

“对不起。”她狠狠地绞着桌布。

然后她看见杨罕和黯然失色的脸。因为想到他们脱光了相对过，脸上潮热。她知道自己做错了，甚至不想再去回忆，做过的事无论是否出于完全意愿，都像一座座石头牌坊上的水迹，像那些碰触过的物件留在手上的气味。他有他手心的暖。但是她多想陪一个人走到尽头，让所有的浮华都如枯草栽倒。

“我有从一而终的想法，可也有随时放弃的决心，也许还会不告而别，而且又不肯担负孩子，你真的需要这样的妻子吗？”

杨罕和沉默着。

“既然你那么爱他，为什么不肯要孩子？”

“有了孩子，就想抓紧更多必定流失的东西，到头来不过是白忙一场。”

“那你到底想要什么？”

“我想要是我自己的。就像小时候每日穿过芙蓉花，走在去教室的路上，一个人想象着某处隐秘的地方，那里将有我想要的流水和畅想。”

杨罕和拉了一下她的胳膊，想把她拉进怀里。

她挣脱了一下，没有挣开，彼此僵持着。他叹了口气松开她。

“你还是生一个孩子吧，将来可以陪伴你。”

“我可以独自生活，如果将来只能这样。”

她站起来靠近他，把他的头搂在自己怀里。“好吧，此刻是温暖的。”她心里对自己说，然后转身走了出去。

林昕放弃了Z城的工作，回家开了一间小广告公司。为了支持他，她毅然放弃了残联的工作。她和林昕的过去消逝了，他们处在一个全新的阶段，时间像风扫平了过往的恩爱与悲伤。只有新的事物才能展现更多可能性。偶尔夜里做爱时，闪现她与杨罕和裸身的样子，她知道如果做下，到现在全然记不起当初的快感，心里只会不适。她和林昕探索过身体的丛林，他们知道哪里有惊喜的鹿子，哪里暗藏汹涌，哪里的花香清新恬淡。如果她的身体向杨罕和敞开，无论他们将得到多少欢愉起伏，他身体的痕迹留在她生命里，而这事实令她像少女时，害怕去坐别人坐过的椅子。

田晓从半开的门走进来时，她脱缰的思绪被阻障，一时反应不过来。“你在做什么？”田晓掩着耳朵对她说话，她没有听明白，看她打手势指着音箱。她已经在循环的钢琴和大提琴声里呆坐太久。她伸手关掉音箱，耳朵有轻微的轰响，窗外的雨声分辨不清。放雨伞的门口报架处，地上一摊水。田晓弯腰在拧打湿的裤脚。窗外依旧暴雨倾盆。

五年时间公司扩展了很多，但她身心疲惫。难缠的客户和精力旺盛的婆婆，构成生活中两股交织的火焰，她就像个瓦罐，由他们把中药倒入罐里煎着。等到婆婆专心回来收拾她，她得长多少层蛇皮，才不会被蜕成骨头。

婆婆年初说既然他们忙没时间生孩子，她就回来拆了公司。她哑口无言。

半月前她与田晓在跟客户开会，婆婆一个电话过来，她正在讲解设计图的细节，没有避开客户接通了电话。婆婆一开口就跟她要户口，她问做什么，她说要拿去登记领养。她硬着头皮说我们会自己考虑。婆婆说你们什么时间会考虑，先去领养一个我带着，你们想生可以再生一个。她让婆婆去跟林昕说。婆婆说不用跟他说了，你只管拿户口本来，再去计生部门开个不孕证明。她扫了一眼等着的客户和田晓，含混地说可我不是怎么开证明。婆婆说谁让你不生的，要去领养只能这样。她压抑口气说，我在开会先不说了好吗？婆婆没反应前挂断电话。

上星期婆婆又发来短信，告诉她新闻报道中，养老院的护工如何虐待老人，让她不要以为养老院就是天堂。养老院怎么可能是天堂？好死不如赖活，母亲总这样说，带着她另嫁人妇。婆婆追逼的进程已近到眼前。当初林昕也跟婆婆说了不要小孩的，婆婆笑着说要不要还不随你们。现在她的婚姻成了未曾说透的玩笑。

婆婆的要求没有得到回应，这几天电话滋扰不断。她听到电话铃响条件反射地缩紧身体，惴惴地看着手机屏幕，电话调成忙音后，没有挂断前一直震动，她的心都在嗓子眼，唯恐婆婆从电话里跳出来，指着她破口大骂。她想着那个场景，浑身都是鸡皮，就像被小时候母亲扔的那只鸡传染，在潜伏多年后生出了病毒，她会聋哑、瘫痪、浑身不能动弹，眼巴巴看着被蚕食腐烂的自己。

昨晚她空手走入客厅，坐在阳台缺了左边角花的圈椅上。当时她和林昕兴致勃勃翻阅了很多式样，最后定制了这把椅子。货运到家签收后，卸掉木架和纸箱，才发现一个角花折断在纸箱里。他们把它弃在阳台上，用一个手织花格布靠垫挡住大部分椅背。她常常坐在这把圈椅上，在黑暗中听对面楼的夫妻争吵。不同家庭的吼声，倾尽所有分贝。有时还有动过手后邻里的劝架声，通常是火上浇油。某些日子也很安静，除了汽车发动和林昕捡到宝石的声音。

等她听够雨声，感到口渴起身去烧水，每天在用的烧水壶竟然打不开盖子。她拿着水壶去找林昕，在他面前按着按钮，壶盖毫无反应。林昕则用拇指扣紧盖子边缘，壶盖掀了开来。她突然感到慌张和茫然，之前按着的按钮是电源开关，她却完全地忘记，把它错认成壶盖的开关。而林昕随手打开盖子，告诉她壶盖没坏，并且还教她打开了一次。然后继续捡他的宝石。她在清脆的提示音中站了良久，直到走在一条铺满宝石的路上，宝石的硬度硌疼了穿着拖鞋的脚。

她突然不想再忍耐。

“林昕，我有些话想和你说。”

“有什么你说吧。”

他都没有抬头看一眼。她心里有种翻滚的冲动。

“我想把广告公司关掉。”

他终于愕然抬起了头。

“反正你妈也说要拆掉公司，不如我们主动吧。她说的自然是气话，可是我累了。”

她顿了顿，还想接下来说到这些年，她看到他望向窗外的雨，也许他的眼神穿过雨，看到了他想看到的东西。他回过头眼睛里有一种坚定。

他说：“好吧。”

她在大雨的春夜给员工打电话，许诺补偿每人三个月工资，公司里都是年轻人，也没有谁提出为难意见。只是被问到关闭公司的原因，她几次电话里都发了会愣。最后她给田晓打电话，田晓那边很吵，等安静下来她开始说话。

“田晓，我和林昕想把公司关掉，我们会补偿每个员工三个月工资，希望你能理解，也请你尽快联系工作。”

她尽量保持平和的声音，站在林昕身边，看着他假装没有在听。

过了半分钟，田晓说：“好的，我明天去收东西。”她在等她说点别的。

“因为我有种古怪的癖好，需要时间去治疗。这是关闭公司的原因，你不想知道吗?”

林昕抬头看向她。她冲他笑了一下。

田晓在收拾办公桌的东西，抽屉都拉开了，她看到那个锦盒在深处。呵，她心里嘲笑了自己一遍。多么狗血的桥段。总是妻子悄然发现礼物，礼物却在别的女人手上。

她默默地在远处看着田晓收拾，突然想起那年跟杨罕和在咖啡厅的对话。杨罕和问她到底想要什么。她没有后悔当时怀揣理想，直到现在。她知道事物的进程，有时不过是一个微不足道的点，却暗合了阿基米德的杠杆原理，而生活有时也呈现了他的浮力原理，让一切的好坏自有对等的事情去发生。

就如幼年时，她总希望母亲完好，即使暴露的缺点也致使她楚楚可怜。但母亲穿着难看的汗衫，围着灶台和继父忙活的样子，令她感到一种无辜。母亲完全是朝她希望的对立面走去。她渴望拨正。但母亲的眼前遮挡太多灰尘，直到眼睛模糊，只能朝更暗淡的低处走去。于是她站在了母亲的对立面。尽管生活不停给她警告。现实是只养不熟的别人家的猫。而她连猫都害怕。但她终究有一种不可钳制的自由：她没有一个孩子长大令自己羞愧。

她想无须再去提醒再去求证，所有的东西已摆在眼前，每件事情怎样掂量都有无法分割的自重。当然她可以绕道，她可以假装春天雨水丰沛，所有坠落都保持着姿态优雅。

田晓捧着未完成的客户资料走过来，裤脚湿漉漉贴在脚踝处，让她毕现的腿形有点可怜的瘦弱。她走到她身边，似乎走过了一点，她们说话的角度像一种斜视。她几乎没有在听她说话，又或者是思绪跑得太远，风吹草低，一切面目模糊。

“什么?”她看着田晓的发际线。她从来都没办法像田晓那样，梳好一个精致的发型。

“这些没做完的客户怎么办?”

“别担心，林昕会处理的。”

“你不能这样耍性子，拿公司如同儿戏。”

她把视线落平，看到田晓的情绪，心里生出一股恼怒。她问自己：那又怎样?恼怒要怎样?她看到另一个自己站在对面，讥笑着扯动左边嘴角。

她走到临街的玻璃幕边，眼及处灰蒙蒙一片，雨水附在玻璃上迅速流下，是唯一她能近观的事物。还能看到多远?当然能更远，那些溪流和河岸，在某处静静等待雨水汇集，河流往下游交汇。

“我需要治疗自己的洁癖症。”她背着身子说。

“洁癖只是习惯而已，怎么会影响到开公司？”田晓像是要和她赌气一样说。

“我不想对你解释。这是我自己的问题。”

她听见田晓走回办公桌，中途绊倒了一张电脑椅。所有鞋子走路发出的声音都那么不同。她想着林昕告诉她李铖跑了的那晚，林昕搂着她围绕池塘散步，他们的脚步清晰，带着同声的叩击。也许林昕愿意在他们的重要时刻，与她一起分享柳枝拂面。但他们没有那么多十万去组成生命的重要时刻。她心里的洁癖感像冬眠的小兽，渴望走出阴冷的洞穴。

田晓抱着几本广告杂志，右手腕挎着一个杂物袋，深蓝锦盒从袋子豁口露出一角。她用左胳膊肘推动关紧抽屉，想提起办公桌上的红色箱型包，她走过去帮她拎起。她对田晓微笑了一下。田晓狐疑的眼光散落在她的肩膀。

前几日林昕做了清蒸土鸡，他们坐在餐厅默默吃饭，他习惯地把鸡心夹给她。她还是如当初一样，内心装着感激。改变的是什么，她无力去追寻，只是似乎就到这里了。

那只装钱的信封摆在前台桌上。她在里面多放了半年工资。她想到自己的多此一举。为什么不呢？不过是个骄傲。随后谁去替代她又如何。经过前台她把箱型包挎在手腕，拉开拉链把信封装进包里。她回头扫了一眼，房子里的静物在原处等待，将会有新的租客清理掉它们。有些事情没有必要揭破，该做的去做了，如果时间只能把她带到这儿，她想干净地带走自己的心。

她和田晓走出公司，门在背后轰然关闭。

孤旅

后脑勺梗得难受，她从沙发上爬起来，头发撩开，猛地从镜子里看到一块头皮，提心吊胆地仔细看了看，镜子里反射出黑色细长夹子的微弱光芒。明明回家时散了头发，里面居然隐着一个髻，古怪地用细夹子往外夹，周边头发盘成一圈，裸露出鸽子蛋大小的一块头皮。她想取掉那些细夹子，把头发整个放下来，手肘碰到什么一阵麻搐。她从梦里醒了过来。电视上的乔尔变成了孩子，披着红布斗篷蹲在地上哭，面前的长条塑料盆里躺着一只受伤的鸟，他手里握着锤子，围观的孩子们吵嚷着让他砸下去。小女孩克蕾婷坐在椅子上看着他。乔尔哭着砸了下去。戴粉红帽的大女孩克蕾婷牵起他的手走开了，现在乔尔是披着红布斗篷的大人了。孩子们太吵了，不停叫嚷，她真想堵上耳朵。

她醒过来，听出是敲门声，直直地从沙发上坐起来，抵着扶手转角的手肘还在发麻。屋子里漆黑一片。敲门声显出不耐烦的急促。她光脚跑进洗漱间，扶着盥洗盆站在那，脚底瓷砖的寒意一阵阵攀升。敲门声戛然而止，只剩下寂静。她快速走向门厅，拧开鞋柜上的手绘蚕丝宫灯，清幽的兰草映入眼睛。她把门拉开，一个男人背影正要下楼，听到门开的声音转过头。他等着她签名，抱着纸盒站在门外，短发卷卷地粘在一起，面无表情地盯着她。她低头看了看自己宽大的碎花袍子，笔碰到手腕边的苗银扣子发出细微清脆的声音。

她把纸盒里拆出来的塑料包装用手指捏了捏，确定没有漏气的，然后把干锅香辣排骨、野山椒炒酸萝卜、手工酥肉拣出来塞进冰箱。关冰箱门时，扫了一眼红色四只鸟的冰箱贴，那里原来有张她和妹妹在青岛拍的照片。剩下的碧根果和杏仁，还有特意为妹妹买的楼兰红枣，拆掉包装分别倒进玻璃密封罐里。她想着刚才的连环梦，近段时间她常常从梦中的梦里醒来，以致分不清究竟有没有醒，掐自己也不中用，也许只是在梦中想确定自己有没有醒来。

妹妹的嘴唇涂得很娇艳，笑时总是露出牙齿。她则一副苦瓜脸，心不在焉地斜视着妹妹的第二颗衬衣纽扣。当时她在看什么呢，以前每次拉冰箱门，她总在琢磨快门按下时为什么盯着妹妹的纽扣，直到取下那张照片。很久没有再想起妹妹露出的牙齿。妹妹的门牙缺了一小块，小时候为她咬紧发卡时磨掉的，如果不凑近看不出来。但妹妹欢喜时总赖在她身上，用缺损的门牙细密地咬她的手臂，她能感受到牙齿缺掉的部分，比完整的门牙咬下去疼。

她把袖子卷了卷，站在阳台的玻璃门前。刚楼下还听得到小孩子的声音，现在只有健身区的秋千架被风刮动，发出铁器摩擦的声音。那声音半夜听起来，像一个人现身荒弃的工业厂房，厂房门口的老树垂下铁秋千，有时是生闷气的小孩子坐在上面，有时是那些早夭的脏兮兮的孩子，在铁锈气里默默荡着秋千。她又忘了收起栏杆外的晾衣架，几根空空的杆子伸在外面。她把玻璃门闩打开，把门拉到左侧，手伸到栏杆外拉晾衣架。

妹妹总笑她力气小，胆子也小，不敢杀生，更不敢走夜路。她要是收晾衣架，总拉得轰轰响，这头拉回来了，那头还伸在外面，她又把这头推出去一点，来回折腾。这是个平衡的活，跟力气没有关系。她不宰杀动物，跟胆子小不小也没关系。

有几年她们很陌生。她在榕城读大学。妹妹在一家服装店打工。妹妹从未开口说去看她。也许每个人都有几年不愿提及的生活，她也从不提起大学生活，就像妹妹不说那三年。那是瓶颈小的玻璃水杯中粘贴在玻璃壁的污物，可能是冲过咖啡或果汁洗不去的粉末，喝水的时候看得见却可以视而不见。更被人窥视的是妹妹的婚姻。她知道父母的负疚心理，尽管知道前妹夫并非可靠之人，因为妹妹喜欢，便配合男方举行了隆重的婚礼。父母为妹妹的陪嫁掏尽了所有积蓄。那场没有维持半年的婚姻，最后以去法院起诉离婚结束。

她望了望夜色，穿过客厅从餐边柜里取出蜜橘罐头，又从橱柜里端出小隔水电炖锅，在透明的锅体里灌了水，仔细看了没有超出水位线，把白色炖盅卡好，然后把泡好的莲子、切丁的青梅、山楂糕、白糖、白醋、桂花和部分蜜橘倒入盅里，设定两个小时。剩下半瓶蜜橘罐头，孤零零弃在收拾干净的石英石台面上。小时候妹妹爱吃罐头里蜜橘的瓤，薄薄的橘皮撕掉，没有耐心时，在蜜橘片上咬一个小洞，把里面的橘汁吮吸掉，橘皮随手扔在桌上。她取出勺子，慢慢舀着吃，蜜橘皮有一点苦味。

她想起前妹夫在婚礼上戴的假发，金毛狮王一样可笑的假发，站在妹妹身边，对着台下众多的人显得激动。对他的记忆仅止于此了。而妹妹娇艳动人，对捉弄和哄笑一点也不怯场，脸和手上沾着一些碎金粉，她挽着前妹夫，像是架着他穿行于宴客席，白白的手臂嫩藕一样。

然后就是离婚在前方的日子。双方为房子和礼金经历了不小的拉锯。妹妹不甘心，很快消瘦了。青岛的大伯邀请父母去度五一节，母亲决定来个家庭旅行。对于那场拥挤的出行，她在月经期，留下痛经折磨的印象，还有妹妹不顾大伯的建议，一定要自找一家海鲜店的记忆。他们在傍晚随下班的人潮，在陌生的街道上走了很远，她捂着肚子不吭声，走得腿轻微地颤抖。在海鲜店，妹妹搂过她的肩，露出牙齿笑着，她精疲力尽地斜视着妹妹的纽扣，大伯拍下了那张照片。

厨房里飘出蜜橘的甜酸味，夹杂桂花的香气。门锁转动的声音，她站在客厅与餐厅的过道里，朝门口望见他走进来，换拖鞋。她走进厨房，电炖锅发出响动的声音，底座的显示屏上还未到设定时间，她把白瓷盖打开，一股热气和更大的甜酸味冲出来。她取消了甜品功能键，拔下电插头，走回客厅拿起茶几上静音的手机，两个未接电话，号码是学生家长的。20:55。如果他不回来，时间似乎失去了流失与存在的作用。

他半躺在沙发上，眼睛是喝过酒的迷蒙，从置物篮里取出遥控器，打开电视机，转换频道。她从厨房盛了醒酒汤，端到茶几上放凉。转身走到卧室里，为他准备干净内裤和睡衣。他的衣服上除了晒过的太阳、洗衣液味道，还有很难散尽的人气味。那是干净的个人味道，像从前那些日子，那些冬日她裹在他的大衣里的日子。

他走进来时，她正在低低抽泣，被子蒙着头。他想走过去取衣物，绊到她的脚，他跌倒在床上，坐在她旁边，听到她在哭。他拉她的手，捏到她宽大袍子里瘦弱的骨骼。他伏下身体，她整个人都似被他包裹住。他们闻到彼此的气味。他的腹部压着她侧躺起来的臀部。身体的暖。他掀她蒙头的被子。她转过脸来，看见他茫然地看着她。她想推开他，心里却突然难过得要命。

他们在半推半就里纠缠在一起。他的眼睛里带着疑惑和愤怒。袍子被他脱掉，轻松得像是揭去枯死的树皮，剩下白白的树干，不再那么多汁而鲜嫩。她却有鲜少的贪婪。他就像愤怒中的孩子，对着手里的玩具发脾气，有时冷落她，有时力道很大地撞击她。他的嘴边都是呵出的酒气。她心里都是痒。当她爬上他的身体时，她的长头发晃荡在他脸上。那股黏稠的液体烫着了她。她惊愕地从他身上爬起来，匆匆跑进淋浴房。精液已流到了足跟。

他走进卫生间时，她看到他发福的肚子和腿毛，不敢去看他的脸。

妹妹找回来后，很少开口说话，梦里总是哭。说话夹杂一点安徽口音。母亲要她陪妹妹睡，就像她们小时候睡一张床。她对她的安徽口音感到有点难堪，她分辨得出那种口音的异质感，然而又期望多听到去加以辨识。小时候她和妹妹跟着邻居男孩们，夏天去河边去山上疯玩，她怕晒，一晒皮肤就红肿燥燥地痛，可她依然要跟着他们。

母亲从不许她问妹妹那三年。她只知道妹妹在安徽的小县城被警察找着，父母喜极而泣，抱头痛哭时惊吓了她。她放学回家一下没明白发生了什么。当晚父母买了列车票，收拾简单的行李撇下她而去。这样也好，妹妹不在的三年，她看多了父母的失魂落魄和相互指责，现在妹妹终于可以回家了，她感觉一切会恢复到以前。妹妹没有她长得快，身体却长得比她成熟，牛仔裤包着细长的腿和圆翘的臀部，上衣已衬出了胸部的轮廓。那已是 14 岁的妹妹，像个邻家姑娘一样站在她面前，带着陌生和警惕的眼光。

妹妹每晚都在梦里哭，有时梦呓里夹杂听不懂的安徽方言，有时手在被子外挥动，脚会乱踹。她常在睡梦中被妹妹踹醒，听着妹妹的方言和轻微的哭声。她感到一种莫名的恐惧，在她们小小的房间，窗外树木摇晃的影子会吓着她，醒来睁开眼睛看到稍大的物件会当成站立的人。妹妹踹重的地方，小腿上一团团的淤青。为避免被妹妹踹到，她总缩成一团睡，渐渐睡得不安稳，一点点动静就能吵醒她。

她又被妹妹踹醒了，看见她被一个强壮的中年男人捆住手脚，口里塞着衣服，坐在床头那边，男人凶神恶煞地拿着刀子站在旁边，他叫喊着：再吵，再吵把你指头一个个剁下来。妹妹吓得眼泪直流，泪汪汪地望着她。她缩在角落里，看着男人狰狞地抬起妹妹的右脚，妹妹吓得直往回缩，刀搁在妹妹的脚拇指。不要。她大叫着哭起来。男人回头冲她笑了一下，吻了吻妹妹的脚背，抱起她向窗边走去。他们从窗子跳了出去。不要啊。她哭着惊醒过来。妹妹好奇地盯着她，穿着去青岛的那件玫粉衬衫，头发新烫过，有股烫发药水的气味。妹妹调皮地冲她笑，手里把玩衬衣纽扣。扣子一颗颗掉落下去。啪。然后是扣子滚动的声音。她的眼睛跟着一颗颗纽扣滚动。抬起眼睛时看见妹妹的衬衣敞开，黑色蕾丝内衣包裹着圆润的乳房。她痛苦得脸都扭曲了。这是梦。这是梦。她在心里一直对自己说。睁开眼睛。睁开眼睛。

她抱着靠枕，靠在飘窗墙上醒过来。窗纱拂过脸庞。她依然穿着那件碎花袍子。银扣子在月光中闪幽光。床上他盖着薄毯，手和脚露在外面，右脚曲着，样子看起来有点难受。她光脚走到床前，看见他在睡梦里没有闭紧的眼睛，留下小小的一缝隙眼白。额头有细密的汗珠，一缕头发遮在额前。他的唇形总像是等着有人去吻。

她几乎逃似的考上大学，脱离了家和妹妹的哭声。然后遇见他。因为太幸福，她害怕别人拿她与妹妹对比，甚至不敢对人表达自己的幸福。在那些大衣把她包裹的日子，他轻轻吻她，手顺着她的身体摸索的日子，她跟随他和同学去

KTV、出游、泡书店的日子，她在内心惊喜，却害怕与人分享。她害怕自己的欢喜带来蝴蝶效应。他跟她回家，愿意与她一起生活，他宠爱她的忧郁和惊慌。

而妹妹长大了，开了一家小服装店，变得开朗快乐，开始交往男朋友。她在店里穿着新款衣裙，吊牌露在背后，像是移动的活体招牌。很多年轻的女孩没有避讳，见妹妹穿得好看，就一定要从她身上扒。有时她听见妹妹和她们窃窃私语，像是熟稔很久的朋友，妹妹高兴起来，还会拍她们的屁股，令她们尖叫着笑骂。

她觉得一切真的恢复了原貌。她和他开始筹备婚礼，装修新房，选酒店，还特意为妹妹定做了白色伴娘礼裙。妹妹在婚礼前晚摸进关灯的房间，躺在她身边，塞给她一只金手镯，与手里捏着的另一只撞出声响。她说姐妹镯，一生一世。她的眼睛湿润起来。她们在微弱的光里戴上手镯。妹妹挽着她的胳膊睡到清晨。

纽扣。是的，所有事情都因纽扣。妹妹结婚后的周末，她拖地板时从床底扫出一颗白珠子纽扣，上面刻着玫瑰花纹。她顺手把纽扣收进抽屉，想着可能派上用场。

青岛旅行归来，大伯寄来照片，她挑出海鲜店的姐妹照，用冰箱贴挂在冰箱门上，每天开门关门对着照片，某天她突然认出妹妹胸前的白珠子纽扣。就是那颗——她慌乱地在抽屉里翻找。手里捏着床底扫出的那颗，对着照片模糊地辨出花纹。纽扣遗落在主卧室而不是客房。她顿时被自己脑海中的想法击溃了。这几年可以想象和认定的事实太多，多到她感觉自己像掩着耳朵的傻瓜。她一刻都不想再看到妹妹露出的牙齿。

她像失了魂的神经病，草草地穿着空荡荡的裙子，没有系细皮带，外面罩着毛衣外套，一直走回父母家。她走了十二站，从愤怒到麻木，再到充满莫名的希望。她站在门外已近傍晚，发现什么都没带。父亲开门后，她拢了拢吹乱的长发，径直走到妹妹的房间。妹妹趴在床上打电话，看见她进来匆匆挂了电话，跳起来撒娇地挽着她的胳膊，牙齿习惯地隔着衣服在她手臂上磨。她看起来很开心。她扫视着房间，这个原来共有的房间，自她结婚后一直是妹妹的闺房。墙上挂着大学毕业后他送她回家，他离开时他们和妹妹在火车站拍的照片。他们三个都露着牙齿。讨厌的牙齿。她想把妹妹立刻推开。

可她只能关心地问妹妹有什么开心的事。她说她很开心，却没有下文。没有下文，她无法再把谈话继续。她站起来走到衣柜前，假装无聊翻妹妹的新衣物，看见那件玫粉衬衫挂在衣架上。她回身对妹妹说，这件衬衣的纽扣真别致，要是掉了好可惜。妹妹坐在床边发短信，随口答卖衣服的还怕没衣服穿。这种衬衣应该都有备用扣的吧？她背着身子问，手指扫过挂衣架，弄得铁衣架发出碰撞声。备用扣已经用了，上次不知道在哪掉了一颗。妹妹的话像刀子呀。她愤怒地转回头，妹妹依旧低着头在编辑短信，指头飞快地划拉手机屏。

那晚她不知道自己怎么到的家。像醉鬼一样，一觉醒来什么都忘了，心里只有密密麻麻的痛。他在一边挤牙膏，用手肘推她，催她起床去上早课。她的愤怒还未苏醒，只是麻木地看着他把牙刷塞进口里，双手腾出来拉她的胳膊，揽她的腰。你知道妹妹的事吗？她突然开口说话。什么事？他嬉笑着把唇边的泡沫印在她的嘴巴上。她初一时被拐卖到安徽一个小县城，三年后才找回来，她木然地说。他惊讶地停下拉她的手，愣了愣说，为什么没有人说过？她把他的手甩开说，妈不许任何人提，也不许问。

她走进卫生间，看着镜子里头发蓬散的自己，眼睛还红肿着。她觉得心里有座古塔倒下来了。她闭紧眼睛，塔只剩下一堆废墟。他跟进来一边清理牙刷，一边追问妹妹被卖在什么地方。她有几句话好想冲口而出。可她在镜子里看出自己眼睛里的恶。她不可以。妈不许问，她也不说，我不知道，她冷冷地说。牙膏用到了头，她用力地挤着牙膏。你真不关心你妹妹。他把洗脸毛巾搭在不锈钢架上，走出卫生间。

就在那刻她做了决定：不再让他碰她。她觉得他像理发店里的梳子，上面缠满头发和油腻的污渍。她去洗，感觉那些油污会沾着手。她会不停嗅，也许很多天还有异感。

她慢慢地疏离他。安排他的起居，却不深入。她只是做着浅层的一切，像在土表栽花，根松松地歪在土面上。她心里的门一扇扇关闭。如果原来每扇门里都是万花筒的一支，现在她是碎掉的玻璃筒，单调、碎裂，没有色彩。她把更多时间花在备课和做家务。以前地板她只是用拖把拖几遍，现在拖把拖过后，必要蹲在地上用毛巾仔细抹一遍。隔断的花格窗，每一个小格子细细地擦拭。专心在家务之后，她才发现灰尘那么快就覆盖了整间屋子。

有时他在客厅一个人看电视，或是玩一夜手机游戏，她压抑着自己的心。很快他开始晚回家。如他所愿吧，她心里想。她不过是给他理由，让他更早地开始晚归。她突然发现，她厌倦婚姻里的危机。那些斗智斗勇的女人，相互谩骂闹腾，男人站在那摇摇摆摆，无论谁胜出，男人依旧无辜地拥有女人的怀抱。爱情不应该是一直在那的东西，她心痛地想。她把他推了出去。如果他不想出去，她也推不动。即使他还爱她，他爱的是婚姻里的妻子。那个他爱怜的忧郁的女孩子，在成为妻子之后，成为时间之河里独立的浪花。他的晚归渐渐疑迹斑斑。

一年后他们终于成了平静的家居伴侣。除了上课和做家务，她什么地方都不去。她等待他回家，却从不电话催促。他喝醉的时候多起来，她为他做醒酒汤。她不会做菜，就在淘宝私厨里淘加工好的，只需要加热。姻缘是人少之又少的福分，她不断告诉自己，应该珍惜到最后一刻。

现在她躺在床上，侧过身子靠着他的胳膊，在黑暗中看着他坚挺的鼻梁。这个趋向而立之年的男人，平稳，隐匿，不再是凌晨一脚踢飞易拉罐的男孩子。所有与他的记忆，她早养成习惯默默承载，无法拿出与人分享。她把手伸进他微拢起来的指间。他牵着她的手。

九月中旬她与同事去鹿溪镇，进山去云楼度假山庄。他们从镇上往村子开时，一路都是塌方后抢修的山路，路面有时颠簸，有时狭窄，需要避让对面开来的车辆。中午他们在山脚临时工棚对付午饭，农户翻找出所有的食物，做出青辣椒炒肉、醋生姜、韭菜炒鸡蛋，还有自酿的红辣椒酱。饭碗也不够，同事剪了矿泉水瓶子，把饭盛在瓶底。吃过饭后，他们开始走路上山。

没走多远，路中央停着一辆黄色卡车，像战争年代的军用卡车。她穿了斜襟的越南款秋香色麻衣，缝着老银扣子，一条深青色麻裤和麻底黑面手工绣鞋，从车子旁走过时，一个男同事说她站在卡车前面，像极了红小兵。红小兵。她不置可否地继续往前走。越往高处走时，才发现山下树木苍翠，半坡上的果树芳香浓郁，还有那些初秋的小野花。他们围绕山路盘桓向上，一时背阴一时向阳，热得一路无人出声，只是静默地迈着腿，到阴凉的一路便有人停下来，仰起头望山顶，又或往山下看，闲聊几句。

这一路都要靠自己攀登，像每一次爬山，借力都是短暂的。她唯有脚尖暗暗使力，不往下滑。开始他们还相互打趣，慢慢女同事体力不支，然后男同事也停下歇脚。只有山中的宁静更加明显。越过每一个高度，山庄的房子又近一点。山顶上修着一排老式木房，紧挨的是新建成的白色宾馆楼。慢慢他们看到了鸡舍、休息桌椅、拴在两棵树之间的吊床。

当他们手脚酸痛地坐在山庄木房门口，一大群白鹭从远处盘旋飞近。同事们纷纷站到栅栏边上去看。栅栏下面是深渊，天上是飞翔的白鹭。它们往前飞三米，或许往后退回两米。开始只能用相机焦距拉近看，后来肉眼也能看出一大群由远及近，最后飞过房顶渐渐消失。

晚上山庄安排篝火晚会。坪地上的桌椅被撤去，架上了木柴堆。主持人安排起节目场地，又准备了烧烤用具。她从土路下到另一处休息椅，坐在风声和微弱的月光里，这独居的山中日子，如果到冬天，将是多么凄冷，她想着如果山里只有相伴的两个人，他们会不会成为世间最亲近的人？他今晚是不是感觉到自由？她向着那黑暗深处看，都是看不清的深渊。而坐在这石凳上，她感觉到安宁和觉醒。

第二天起床用过早餐，大家商量下山，有几个人余兴未尽想留下，其他人聊起昨晚的即兴节目和游戏，提着沉重酸痛的腿下山。他们走了另一条小路，小路很陡，但不用绕圈。她感觉脚趾都挤到了鞋尖，身体往前倾，如果管不住腿软打滑，就会直接栽下去。她在一个陡坡前等接应的男同事，看着前面一个个下山的背影。下山的人都是独自小小的影子。

十月是南方最秋天的月份，然后便是冷风，和快速到来的冬天。她在秋天爽朗的清晨醒来，看见他左手举着手机翻小说，右手被她的头压住。他没动，也没说话。她仰起脸看了会他的脸。他像是憋着笑，继续一只手划拉手机屏。她用右手从他肚子伸过去环抱了一下他的腰，然后起身走到衣柜前取外出的衣物，返回头对他说，晚上叫了妹妹吃饭，你早点回好吗？他点了点头，从床上坐起来。

她从楼道走出时，庭院的桂花香沁人心脾。阳光从香樟树枝间洒下光斑。她轻松地散着步，往门口的超市走去。早晨忙碌的人群已经走掉，现在只剩下退休和闲散的人，三三两两坐在亭子里聊天，要不提着菜篮或食品袋慢腾腾走在路上。她走进超市，挑选了一条小鲈鱼、生姜、细葱和莴苣，从水果区挑了个哈密瓜，付账后提着购物袋走出门口。一群鸽子打着呼哨划过天空。

她想起在云楼度假山庄看到的那群白鹭，应该有差不多近两百只，远处时只是小小的白影，飞到近处是大片鸟禽划过天空的声音。白鹭飞进三步退两步，让他们等待了好些时间。一个家庭如此是不是就保证齐心向前，她突然想着，不过是利益目标相同，求得稳当，而消失的永远消失了。

还有一上午时间需要消磨。她换上家居服，开始擦洗家具、陈设品、门窗，然后拖地，蹲在地上抹地板。又从脏衣篓里拣出脏衣物清洗。邻居家传出油焖河虾的香气。她洗净手，从密封罐里分别取出干百合、淮山和枸杞，小碗盛了半碗水浸泡百合。把鲈鱼冲洗切了块。然后从橱柜里端出电紫砂煲，清洗了内胆。她没有把握能将鱼煎好。油热后放鲈鱼块时溅到了手上，她手忙脚乱关火拧水管冲洗烫着的地方。手擦干后小心把煤气灶调到小火，用菜勺远远地翻鱼块。最后把煎好的鱼块和百合、淮山、枸杞、姜片一起倒入紫砂煲，设定成营养汤，三个小时后会自动转入保温。她就着温开水吃面包。

研磨器研出的是粗颗粒，她又旋转螺母调到细颗粒研磨了几遍，玻璃瓶里的粉末变得很细腻。她倒出来用白纸厚厚地包了两层。没有什么事要做了。她站在客厅中央，看着开着窗亮堂堂的屋子，然后走到沙发边坐下来，打开茶几上的手提电脑。她从百度音乐搜出 Coldplay 的 *Gravity*，在循环的音乐声里发呆。

下午五点，她起身走进厨房，掀开汤煲盖子看了下炖白的鱼汤，从冰箱里取出干锅香辣排骨、野山椒炒酸萝卜、手工酥肉，拆掉密封袋倒入菜碗，洗了莴苣和细葱，用清水泡着，又把哈密瓜和水果刀清洗后放在茶几上的茶盘里。然后换上早晨出门穿的白麻衬衫、奶咖色乔其纱半裙，裙摆裸露着脚踝。

近六点，他和妹妹谈笑着开门进来。妹妹一把环抱住她的腰。她笑着推开妹妹，让她坐到沙发上去吃红枣和杏仁。他跟着她走进厨房。他用电饭煲煮饭，开煤气灶炒莴苣。她把葱段放进鲈鱼汤里，撒了盐，把菜碗里需要热的菜一个个放进微波炉。

晚饭时妹妹在谈光都大厦前的凶杀案。案犯曾追求过妹妹，后来爱上一个离婚带孩子的女人，他们一起买了房，女人又跟一个锰矿老板好上了。他跟踪他们，在光都大厦前怒气冲冲地将女人刺死，又刺死了自己。妹妹说，他还拿过市里歌唱比赛的冠军。她看他笑了笑，埋头喝鲈鱼汤。妹妹又开始谈到电影《冰河世纪》，她只看过第一部，他便给她简述后面三部。

她从餐边柜里取出两瓶蜜橘罐头，拿到厨房倒进小碗，把纸包的粉末对半洒进碗里，端着走到客厅放在茶几上。妹妹讲起服装店的趣事，闻到橘子的甜酸味，跟着挪到茶几边。他捻灭烟头，跟着妹妹坐到沙发上。她走到餐桌边收拾碗筷，把三个人的手机藏进橱柜抽屉。他们开始吃碗里的蜜橘罐头。妹妹依然把橘皮撕下，堆在茶几上。

她走到另一张单人沙发旁坐下，一声不吭地看着他们吃完。等着药效起反应。

烟灰缸就在你右手边，你为什么自小都这样任性，总要人帮你收拾？她突然冷冷地说。

妹妹抬起头看着她，脸上都是尴尬的神色。

他莫名其妙地看着她。

是不是我不催你回家，你就想什么时候回家都可以？她又朝他冷冷地说。

我昨晚回得很早。他争辩地说。

你是不是觉得受过伤害，想要什么都可以？她又转向妹妹说。

姐，你发什么神经！妹妹憋屈地大嚷。

你心里知道。

原来你从小都不喜欢我！回来之后更是嫌弃，难怪我送给你的衣服你从来都不肯穿！妹妹边嚷边站起来，似乎头晕又坐倒在沙发上。

原来你等着今天算账。他站起来。

对，我早知道你那些事。一年多前就知道了。她也站起来。

我和周琴你一直知道，你为什么要这样？他已经走到她身边，抓住她的左手腕。

周琴。她愣了下。你和周琴，我是你什么？她把他的手拨开。她要继续往下走了。

不要太激动了，她缓口气嘲弄地说，我在橘子罐头里下了剧毒老鼠药，你们很快就会七窍流血而死。

什么！他们两个人惊呼。妹妹捂着头，流出了眼泪。

你是发疯了？你是不是发疯了？他抓住她的肩膀。指甲掐进了肉里。

我恨你们！你！她指着妹妹，让我每天自责一百遍，又恨你一百遍！你！她愤怒地看着他，你打碎了我们的爱情！

难道你没有责任？他放开她，眼睛四处找东西。

就算我再错，也不是你偷吃的借口。你心里有恶，怎么都是恶人。她让声音透露出得意，不要找了，手机我都藏起来了。

难道你不是恶人？他突然抓起茶盘里的水果刀刺向她的胸口。

屋子里终于静下来。他惊愕地跌倒在地上，屁股着地，眼睛露出恐惧，仰望着她的脸。妹妹听到声响抬起头，看见刀扎在她的胸口，血染红了白麻衬衫，她捂着头呆在那里。

她直直地倒向背后的沙发。呼吸上不来。胸口的痛都不及她的解脱感。终于她不再自责。妹妹被拐卖的那个中午，姐妹俩一同走路到校门口，人贩子假装问如何去养猪场，一些女生摇着头走过去，只有活泼的妹妹为他指向郊区的路。她讨厌妹妹总是搭话多事，急着去教室排练初中毕业晚会的节目，理也不理妹妹径自先走了。

周琴。她已经顾不上真相。

妹妹哭着爬到她脚边，伸手想握着她的手时，手腕的金镯撞到了她的。她听到金器撞击的脆响。妹妹已经握住她的手。姐，姐，姐，她在哭着喊她。

她挣扎着低下头，对妹妹说，妹妹，你不会有事的，那只是一点安眠药。她冲她艰难地笑了一下。

现在，她把眼光慢慢扫向他。他完全把自己吓蒙了。他惊惶地呆望着她，眼泪无声流了一脸。她想起那个冬日夜晚，皎洁的月光下，他坐在冰凉的石长椅上，让她坐在他的腿上，用自己的棉衣包裹着她。他的脸俊秀清朗。他深深地吻着她。

他们曾感情炽烈，而现在她要一个人下山了。

我们穿过重重大雾

A1

沿湖岸往南走，经过烧烤场，墙角边铺着一堆烂砖块、碎木条、陶罐片，雨水和时间洗刷后，令人怀疑它们如真菌，从墙根烂入地基，直到屋顶的琉璃瓦片坠下。东南方栽种着棕榈和棕竹。我们往西南穿过枯凋的芭蕉林。

母亲说："不要在外公面前耸肩膀。"我不置可否地摊开双手。

孤儿院的红漆字牌稳稳地挂在平房墙上，但东面屋顶塌了一块，各间房门紧闭，窗玻璃残缺破损，室内的光线昏淡，却足以看清挤在房间的小床、休息室腿不稳的桌子、厨房的大炉灶。走过孤儿院的低矮后门，斜坡走下两个中年女人，一个嘴里重复说："儿子！电话！"另一个拽着她从我们身旁过去。

母亲说："一定是疗养院的病人。"

精神疗养院的铁门大开。门口加挂着市戒毒所的牌子。几个人在疗养院深处缓慢走着。站在门口，可以看见很大的水泥场地，左边是向上的长石阶，右边是一栋看起来像食堂的平房，往前视线被一个长条的小型花圃遮挡，只能看见花圃背后那栋房子的灰瓦屋顶。

"我想进去看看。"我对母亲说。

母亲扫了我一眼，说："外公还在等着。"

我往右转走进疗养院。母亲跟在身后。

"精神病院有什么可看的。"

我侧身把头枕在母亲肩膀。她的头发有着干燥细微的香味。母亲把我的脸撇开，笑了起来。她总是吃这一套。

一个女人在花圃前细碎地走着，走到一头停顿几秒，转身走到另一头。她穿着橘红色棉衣，头上戴着黑色帽子，帽子高高地耸立在头上，高出头顶足有 40 厘米，面料看起来像印着暗纹的绒布。我在远处被那顶帽子吸引进来。

女人的脸苍白虚弱，分不清是哪种病人。或许只是探病的家属，等在花圃前。

母亲碰碰我的手，我们左拐往石阶上去。南北相对建了多层楼房，出入的人稀疏，容易想象成走进楼道口，人被吞没进去，像走进鲸鱼的嘴巴。而出来的人面部谨慎，有着严肃者的失语神色。

母亲突然说：“家门口卖电动车那个男的，前年有个同居的情人，一天她儿子要钱她没给，她儿子冲到厨房拿出菜刀把她砍死了。十六岁。吸毒。”母亲习惯把着重处说得简短。她总是说起各种凶杀案，以一种报告事情的语气告诉我。

我和母亲走进的这处单位，或许是以往上的石阶为界，分成精神病人区和戒毒人员区，但是我分不清走动的人归哪。铁门内的人都让人感到紧张。

我和母亲从石阶折回，走回青莲路。

我们得去接外公。

B2

外公七十二岁。三十年前，一场急性阑尾炎手术引发的医疗事故，令他差点丧命。他三次被抬上手术台抢救，最终结果保住性命，但余生要用布条缠住肚子，旧毛巾折好塞紧，否则肠子会从内膜皮流出来。阑尾炎手术时医生弄损了内膜皮。外公缠好的肚子，在单瘦的形体尤为突出，就像螺帽卡在中间，螺丝钉被螺帽截成两半。冬天他把肚子藏在宽大外套里，夏天人们都能看到他套着车轮胎下河游泳般的身姿，皮带扣在腰突出的一圈，锁紧缠住的布条。

单位院里的孩子，都好奇外公随时流出肠子事件，总是想象他在洗澡时，把裹身的布条拆开，肠子“哗啦”直接掉出来。电视剧里，战斗英雄被地雷或炸弹炸开肚皮，肠子掉出来他塞回去，一只手捂住肚子，一只手仍开枪射击敌人。他们因血腥和无知而兴奋，无一不带着某种炫耀，既隐秘又欣喜，像吹嘘亲眼见到战斗英雄，把他抬高到一种膜拜位置。同时他又被看成《怪鸭历险记》中的吸血鬼伯爵达寇拉，对孩子世界充满危险性。

他们不顾及他年长者的身份，想着法偷窥和试探，一心把自己弄成排雷工兵。外公这时便由战斗英雄，凭空直降到只是一颗黑黝黝的雷，既有爆炸和杀伤力，又可能因遭致废弃变成哑弹，成为排雷英雄们撸袖子挽裤腿，抱着饭碗蹲在坡地上传播的笑料。而等到他打开门黑沉着脸，一群鸟兽轰然四散。他们可不想成为吸血鬼的餐点。想一想就够可以的了：把你倒拎进家门，拉严厚实的窗帘，黑压压的屋子里什么都可能发生。达寇拉伯爵的古堡里就每天惨叫不断。

孩子们的偷窥欲令大人感到难堪。不仅出于对病患者的同情，还因他是他们的头。外公在市自来水公司任经理。大人通常伪善地说："不要吵经理爷爷养病，他很虚弱，太吵他的神经线会揪疼，病情就会延误。"孩子们才不管那乱糟糟的屁话。于是外公备受骚扰，突然是小石头敲窗的声音，突然是门外猿猴般的长啸。他出院躺在家里养病的日子，实际上是个马蜂窝，那些日子就是巢。

最烦扰的还是不停找上门的人。他们提着水果篮牛奶罐和烟酒，以为外公窝在家里度假，没事抽抽烟喝喝酒补补营养。外公或是听一番惺惺作态的同情，或是被口若悬河的谈话弄得疲惫。有些客人竟然自顾自地掏出烟来，习惯性地让让，然后掏出打火机点燃，满足地吐出一大叠烟圈。对于或犯烟瘾或犯话痨的客人，最后都交由外婆强硬地把人和礼品推出门外。

也有比外婆强壮的客人，定力又奇特，不但当作看不到外公的连声哈欠，还有他脸上挂不住的厌烦，一门心思掂量肚里的事，非得等外公说出个结果。外公只想耳根清净，把头缩入被窝片刻，或是坐到客厅，打开门，看看外面的天色。外婆此时便充当恶人，打断叨叨先生的言语诉求，说外公服药后容易犯困，需要时间休息。叨叨先生心有不甘地再启动疑问句式，但外公只是声色不动地盯着他。外婆提起堆在门边的一堆礼品，塞进叨叨先生怀里，任凭他如何蛮劲企图令她收下，她把门一开，东西顺手堆在门外地上。院里来往的人谨慎地往这边看过来。叨叨先生只好悻悻然提起地上的礼品离开。

外婆长舒一口气，回到房间看看已经睡着的外公。他仰躺在床上，双手揪着被单，像是刚刚把被子往上拉，几秒钟便睡着了，保持睡前抓被单的姿势。他因身体虚弱很容易入睡。

外公的声誉大受影响。外界传言他的病患难于诊治，他已无心管理公司的事务，使得水厂日常工作和发展都陷入低谷，水厂职工要联名请求罢免他的经理职务。谣言的破坏力在滋生，外公却没有辟谣的行动。他也不相信那些放口风说联名的人。外公说，人们通常都是言语的巨人，行动的矮子，何况得罪人的事，若不是暗结宿怨，或是利益熏心，谁会大冷天跑到河边无故打湿鞋。

当朋友身份来探病的人，与他说到事态的发展，准备推心置腹为他拿拿主意，外公总是低声一笑，既表现得病态平常，又是一副不以为意的样子。他什么都不想说。他才是传言中的主人公。

外公决定办理离退手续，也许他思虑良久，但对家人犹如霹雳。他不由他们插嘴，摆手制止，像大人物般顷刻掌控全局。离退手续很快办理妥当。同时二舅顶职去了水厂安装部。外婆为照顾外公，放弃副食经销社的工作，由大舅顶职去了市一建公司。两个舅舅喜出望外，先后拿到吃国家公粮的铁饭碗，也顾不及追问父母何时的决议，积极投身恋爱，几年里相继结婚生子。

A3

莫城要创建历史文化名城，青莲山景区规划内房屋全部拆迁。有些单位已经迁走，一路都有废弃的房子垮塌下来，墙砖滚落在荒草中，路边散落着破旧衣物、鞋子、厨具。敬老山庄也在搬迁范围。母亲想接外公回他麒麟小区的房子住。

精神疗养院往前四百米，青莲路左边是武庙，再前进百米是林音寺；右边是一些百年枫香、南酸枣、栓皮栎和朴树组成的林子，每棵树上挂着保护牌，标注了树名、科属、树龄等资料。古树围绕的便是莫城养老院。但入内要绕一大圈，门口围墙上用蓝油漆写着：敬老山庄欢迎您!

爬墙虎枯藤附着在围墙和主楼的侧墙上。二楼走廊上有个老头正扶着栏杆往前移。一群鸟从楼顶和树梢飞过。立春后虽然寒冷，空气中却有股树木生长的清香。围墙边种着月季和美人蕉，几棵橙树，旁边有处凉亭，亭子中间竖着一块碑刻，上面悬挂省文物保护的牌子，碑刻已很难辨字。亭子四周的石凳上坐着几个老人，各自望向远处，像是在等阳光照进来。

二楼东向第三间，外公坐在桌旁的单靠椅上。皮箱立在门边。房间的两张床铺剩下木架。桌子靠着的白墙，挂着一幅行草：兴来每独往，胜事空自知。

外公看见我说："你四年都没回来。"

我点点头，走进房里靠在桌旁，拿起桌上卷好的纸卷，拆开看他写的字。"余生已无累，古寺寄闲房。睡足无来客，窗空又夕阳。""退省闭门真乐处，闲云终日去还来。"看了两幅都是未抄完的诗。

母亲站在窗边，问外公没有接走的老人去了哪里。

外公摆摆手。他喜欢以这种手势制止谈话。他在单靠椅上定了定神，起身拉平衣边。母亲走到门口去提皮箱，我在背后把她的手指从手柄剥离，提起皮箱先下楼。凉亭里等阳光的老人齐刷刷看着我。等外公和母亲走下楼，那些老人颤巍巍地站起来，外公走过去握手道别。他们握手的样子像庆贺。

外公说先去武庙和林音寺走一趟。

母亲这几年常来看外公。她说天气暖和时，外公喜欢走到武庙，坐在檐廊的石凳上，看着四根青石龙凤柱，有时只为和守庙老头聊天。偶有观光客，背着行囊，手里举着照相机，他们热情招呼游人，提醒从青石阶往上取景，不仅能拍到红墙青瓦、高翘的翼角、殿台基前的两尊石狮、殿后的苍翠古木，还能拍下殿正门悬挂的横匾“与天地参”。

走出敬老山庄，外公停下脚步，回身看了看写着蓝油漆字的围墙。

他说守庙老头半月前死了，突发心肌梗死，死时没有人知道，直到两天后庙前的石狮被偷，路人才发现他死在厢房，姿势扭曲。我们踏石阶往正殿去，两边放置石狮的地方凹陷一块。殿门插销上挂着大铜锁。外公从正殿绕到院后，一大片冷杉和桉树，笔直高挺，肃穆苍郁。他停下来往天空看，在岑寂的空阔里仰望。

从武庙走出来，向前百米到林音寺，方圆数里都是香火气。围墙上刷着朱砂红和明黄色。林音寺建于唐代中期，殿内供奉如来和十八罗汉，殿前有鼓楼和钟楼，临夜击鼓鸣钟。外公住在敬老山庄，每晚可以听到山寺晚钟。

B4

二舅上班的地方在河西泉陵路，是一条香樟树绿荫遮盖路面、河堤栽满杨柳的马路，青石板被来往车辆刮擦，水泥缝宽大，好在路面并无坑洼，随处可看见河上漂着的船篷，竹竿上停着鸬鹚。河上架起一座浮桥，水下绑船的铁索生出绿锈，但船只牢固，桥面经过整修，两岸的人由此过路。二舅经浮桥上下班，晚霞映在水面时，他站在桥上吹吹风，闻着河面飘起的水草和鱼腥味，有时跳下船舱看坐在水边的年轻人画画。

儿子出生后，他买了部自行车，每天从赤霞桥十分钟可骑回去。在升为人父的同时，二舅的性情也出现转折。他说话口齿模糊，原以此为缺陷，人前寡言少语，很少打断别人的谈话，多数时候像无声的发泄接收器。也许他正在安装某根管道，关系到南门片区的居民用水，突然搭班的同事走来，叽里咕噜细数婆娘恶行，坦言让她得到教训，临走前为他搭把手。他却愤然摔下抱着的水管，水管因此震裂，他操着模糊的声口对同事大嚷。

二舅不讨喜的地方不只口齿模糊，他还磨牙，喜欢从背后拍人肩膀。他的磨牙不是睡梦中无知觉的，而是当他不想听你说话，或者不想照你说的去做，他把牙齿磨得吱吱响，让你听起来感觉自己的牙齿都快掉光了，心里痒瘆得慌，恨不得操东西砸人。二舅不是对每个人都如此，他的腼腆和口齿不清阻碍了个性。至于从背后拍人肩膀，他则有点不分场合和熟识程度。在成为父亲后，二舅的这些小习性和脾气一样渐长。如果被拍了肩膀，回头认不出他的人，心里犯嘀咕他是不是下暗手的人。

二舅没有改变的是走路低着头的习惯。母亲嘲笑他因路上容易捡到宝贝。外婆虽对他有微言，但他的确捡到过小票面的钱币，还捡到一对金耳环。他把包着黑绒布的金耳环交给外婆，她惊呼一声，大声教育他还回去。他能还给谁，交给派出所未必能找到失主。外婆把金耳环层层包裹，塞到一个秘密地方。二舅的死如果归责到个人，只可能是低头走路的坏习惯。连外婆也说，走路低着头的人从来都是一副短命相。

外婆却恨那辆永久牌自行车。如果不买它，二舅的生命线轴只跟浮桥有关，不会出现在赤霞桥上，不会遭遇天杀的清远司机，一个人开着铲土机几百公里，从背后把二舅和他的同厂女工撞倒。二舅被撞飞，从胸背后撞出的血窟窿，让他未说一句遗言当场毙命。女工同自行车从旁边轧进轮子，拖了几米被桥栏杆挡住。铲土机撞开水泥栏杆从高空坠入河里。一台重型机械跃坠，激起巨大水浪，没花多少工夫，涨潮的河水将其完全淹没。

外婆在短暂的昏厥后，哭诉起二舅离开的种种迹象。出事那天上午，很少请假的他提前离岗，搬来一麻袋米，换了卫生间的灯泡，拉着她坐在门口聊家事，他说孩子还只两岁，只能麻烦父母多为照顾。然后他站起来，撑着腰站在门口的月桂树下，从叶隙间望了会天，又走到门球场踢了踢沙子。他说要赶回去，回头向她摇了摇手。外婆说到这里，挣脱了我母亲，隔开迎面阻止的大舅，颤抖着手扶着墙壁，走出门口走到月桂树下，站在那里抬头望着繁茂的淡黄色花。她怀疑二舅曾穿过花团看见一只鸟窝，或者不明的停栖物，带给他什么预示。她转了四十五度斜角，向下坡的地方，窝着后背站了良久。

二舅安装部的同事说，他那天下午走路去水厂，经过泉陵路上的汽车报废场，看见二舅爬到一辆吊车上，用手抚摸着锈迹的车身。他当时有点惊奇，站在街边大声叫二舅，他听到叫声走出来，感到不好意思地红着脸。二舅主动说，他一直觉得开重型车的司机很威风，开在街上不怕撞，他真想试试。家里人听到这件事，都沉下头思索，仿佛这与性命攸关。它看似与二舅的死亡纠结成一种神秘的征兆。

在火葬场举行追悼会时，悲哀肃穆的气氛、头上缠的白棉布和手臂挽的黑纱、死者不再带着腼腆神色参加聚会，这些都将被迫接受，最后如夹生米饭呈现。最重要的二舅躺着供瞻望的，是易过容的死人脸，脸颊的胭脂像涂着白蜡晕不开。他的离世成为对家人的警醒。如果用比喻来说，他们以为走在车辆停止的斑马线上，自己会从这头走到那头，根本无须多虑，可是车祸事故让他们明白，不是每辆车都遵守交通规则，斑马线也不是安全地带。

追悼会前夜外婆梦见二舅，他脸色煞白，说放不下儿子。她看见他左边的衣角卷着。一早外婆打电话给我母亲，让剪一撮表弟的头发用布包上，在二舅烧前塞进他手中，又交代他左边的衣角未拉整齐。母亲果真看见二舅左边的衣角卷着，为他抚平整。二舅烧后，只剩下一坛骨灰。母亲说："哪里分得清是不是尸骨所烧，只能把骨灰坛装满。"

A5

母亲接外公在家住几日。她每天去麒麟小区，在房里拖地抹家具，拆洗窗帘，通风试电器，添置日用品。外公晨起写书法，去宿舍楼后的绿天公园散步，和其他老人围观下棋。我在露台，看见他围着湖岸，缓慢地移动，一时站在水边，呆立的姿势像在往远处眺望。

远眺和仰望的姿势，也许是外公的遗传。

从幼年记事，母亲多半在宿舍楼下，要不是露台上，一站定就宛若时空间断，时间停息在站立的姿势。母亲总是被控诉走神和缺心眼。在房间准备为婴孩的我洗澡，她把木盆蓄上冷水，木窗打开，下午明亮的光线跃动，窗外的梧桐叶簌簌作响，她把折叠好的小衣服放在椅子上，往木盆里兑上热水，试完水温抱我进去。她对我充满爱意。可在我接触水或因凉风大哭时，她心底的欢喜咯噔一下，可能出现片刻恍神。

母亲对流云有着固执的欢喜，就像对压箱底的棉袄，她能细数年轻时穿它们的故事，她长时间盯着一团云朵的流动。有时为露台的芍药和石榴浇水，水壶口未斜倒，水依然稳稳地在壶里，她却盯着天空的流云，心领神会般，慢慢浮出笑容。直到端在手中的水壶，因重量让她倍感手腕酸麻。

有时母亲也走到露台，捏着随手之物，看着湖水波光粼粼地被风吹乱，湖畔外公走过一棵棵植物，当他站立抬头时，她也跟着望向天上，或许他们所见相同。

外公记挂那棵月桂树。我们陪他走回旧楼，待拆的房屋全都塌垮破损，周围的野草几近人高。废墟中月桂树长得粗壮，在坡下便看见细密的长椭圆形叶子，层层叠叠，空气中闻到清淡的树香。

外公说："等天气转暖，月桂就该开花了。"

他和母亲站在一堆废砖上，从枝叶间仰望树顶。

月桂树是三十二年前外婆亲手种下。当时母亲正谈恋爱，大舅和二舅在愁工作。母亲因恋爱症候，时常充满爱心去抚弄幼小的树苗，手指沿着叶缘的波浪划过，脑中想象它长大树荫铺地，终年常青。

外公翻出皇历，算好日子搬回麒麟小区，一个人住在三室两厅的房子。

母亲说，外公住在敬老山庄的几年，晨昏被青莲山上的香火和雾气缭绕，临摹书法，在古树中散步，一定沾染些世外的东西。母亲仿佛天生对身边的男人崇敬，由着他们占领她的生活。

我跟母亲说：“我想回重庆，我喜欢那份游戏漫画的工作。”

“你就一定要随你爸吗？”

“不要和我提他。”我把厨房的推拉门狠狠关上，把母亲关在厨房里。

磨花玻璃后面母亲依然蹲着，她在理豆角，红色小塑料筐摆在脚跟前。半个小时后，她依然蹲在那里，就像受虐的仆人面前堆放着一屋子的豆子，她要分出那些绿豆黄豆黑豆芸豆。

我坐在沙发上，等着看她究竟什么时候走出来。

B6

外婆对遇见的人，总是无故说起二舅，若人接茬，听到的不只生前概况，还有往事中长大的二舅；若人厌嫌话题乏味，她便念叨起三姐弟童年抢锅巴，二舅每次揭锅盖，大舅抢饭勺，母亲守着锅，仿佛这能预示点什么性格与命运的关键。隔壁邻居从同情纷纷转为闪躲。

母亲去看外婆，她半躺在床上，歪奄奄地靠着堆高的枕头，脸盘往下窝着，双下巴挤满肉。母亲赔着小心，既怕说错话，又怕她太话痨。大舅打电话回来，外婆起身去接，唠叨完大舅，从边柜旁走到母亲身边，对她说："大弟这几年，一家子跟着建筑队四处走，连个固定住所都没有。"

也许母亲一脸无辜，也许往门口盯了一眼，被外婆刚好发现，她突然大哭起来，边哭边喘粗气。这下她从母亲小时候的错事念叨，到前几日买的卷纸质量太差，再到与大舅家走动太少，痛诉母亲的寡情，说她为人浅薄、无情无义，既不念姐弟情意，对父母也照顾不够，只知道一味听从我父亲。母亲听不住，脸颊滚烫烧红，眼泪流得一团糟。

外婆与母亲的关系受这次影响，形成一种定局，凡母亲去看她，必定两个人最后闹腾到哭，母亲不能回避。若是外公没出去下棋，他就看她娘俩鼻涕眼泪，最后虽未讲和，也未到气恼不相见的地步。也只有母亲过去，外公被空出时间，去书房铺纸磨墨，在窗边站立，思想要书写的字句。对外公来说，外婆如一架强劲的轰炸机，质疑他做的任何小事，哪怕是理的青菜、晾的抹布、交的有线电视费，她总觉得他在该出错的地方，毫不犹疑地做错。

最糟糕的是，外婆病了，她感觉到全身疼痛，那种痛带着撕裂和灼烧，伴随心脏超速搏动，人元神慌乱。她说痛像长在身上。这是外婆说过的最简短诗意的话。此后她再没有概括地谈到疼痛，总是以象声词直接长吁短叹，哎哟声长说明在持续疼痛，哎哟声短说明在抽气般疼痛。大冬天的她额头都是汗珠，不停试图脱掉棉外套。外公按住她的手不让她脱。母亲则担忧得直哭。

他们陪外婆在全市各家医院看病，做过几次全身检查，除了血压有点偏高，并没发现什么病况。大舅回家时，一起商量送外婆去省城医院，但她怎么都不愿意，赌气说宁愿死在家里。惹得大舅满脸悲伤。外公便呵斥外婆，说她好好的何苦让子女担心。大舅回来几次后，跟母亲偷偷说外婆准是心理作用，要不检查多次也没见什么毛病。

外婆的疼痛臆想症没有得到证实，各家医院也没有查出其他病因，她每天在只能自己感受的疼痛中，汗珠直冒，脾气暴躁易怒，对谁说话都像在控诉。她和母亲之间的小闹剧，已经变成外婆一个人的申讨战，把母亲说得一无是处，眼泪涟涟，但不久母亲适应了新局面，她低头坐在外婆跟前，无辜和恍惚。

在假装聆听之时，母亲会突然瞪眼睛看着外婆，仿佛外婆在描述一条蟒蛇，它就在一处显而易见的洞穴里，那处洞穴很可能是外婆的眼窝。母亲兴之所至，却惊扰到哼哼和回想的外婆，她把肩膀回抽夹紧，身体往后倾倒，每到这刻也更为恼怒。但就算母亲做过再多错事，经外婆这样翻找补遗，也有重复说厌的一天。

后来她们谈起母亲胎死腹中的两个哥哥。外婆说，就因为母亲着急出生，克死了已形成男胎的他们。外婆曾因连续失去的男婴，有过痛苦的记忆。若是几年前，外婆这样谈到死胎，母亲会又急又自责，捂着脸放声哭。但现在她只是抿紧嘴巴，看着外婆肿胀的眼袋，脸上是遐想的神情。若是两个哥哥存活，她依然是家中唯一的女儿，也许有另一番家庭经历。

外婆死那天再平常不过。外公中午下棋回家，推开门闻到一股刺鼻气味，他没细想是股什么味道，急着去了趟卫生间，转出来没看到外婆，厨房里也没声响，他走向卧室。卧室里外婆躺在床上，刺鼻气味更重。外公掩着鼻子走到床前，外婆嘴角沾满发干的白色黏物，摇晃身体已无知觉，他慌乱瞧了一眼床头柜上的空农药瓶，跌撞着去客厅拨了120急救电话，又给母亲和大舅打电话，叫他们马上赶到市医院。

外婆以喝敌敌畏的形式，结束了没有人理解的全身疼痛，也放弃了对大舅回家的等待，和母亲三天两头闹剧般的折腾。她没有遗言，先前也没暴露任何征兆，去得简直理直气壮，不容人解劝和同情。她的死和二舅的意外不同，甚至没有半点值得揣摩的先兆。如果非要牵扯，只可能是母亲两个胎死的哥哥，想在阴间得到外婆的关爱。她预备好离开，取出藏着的农药，手指触摸到瓶身，光线如常照进木窗。她不会注意到厨房爬动的蟑螂，门外月桂树深处藏着的蝉，气窗风钩松动震动的玻璃。她被身体的疼痛扼紧，还有更多旁人理解不到的东西，怂恿她的行动。

外公把自己关在书房。丧事由大舅操办。大舅阴沉而悲伤地出现在需要的场合，其他时候默默无声。母亲扑在外婆身上哭得几度昏厥，忏悔自己对她的疏于关心，不该对她的唠叨产生抵触，更不该以无辜为挑衅。母亲完全失控，尽管女亲戚劝她不要把外婆的寿衣哭脏。

她哭哑的嗓子一个月后也没恢复。大舅一家仍暂住在蓝水县。外公无心出门，也不想亲戚邻居上门看他。母亲担心外公太过悲伤，又恐他旧伤发炎，强撑着精神去照料，却独自坐在外婆的遗像前，每每哭得全身颤抖。外公越发说话声音低微，像饿着肚子缺少力气，要把耳朵附到他跟前，勉强能听清他的意思。

A7

小区保安说，外公常和一个五十几岁的女人一块散步，围着小区的绿化林走一圈，坐在喷池边的长椅上说话，有时她陪着外公，去小区门外的超市买东西。

母亲想一定是个富有同情心的女邻居。大舅却首先想女人是哪的、为什么接近外公、她要做什么，然后才是年迈的外公一个人住，是否缺乏照顾。他暗地跟人打听，查出那个女人是八栋三单元二楼家的保姆。母亲劝大舅不要想太多，大舅却说她少根筋，什么事都看得简单。

外公打电话叫母亲和大舅过去，说有事情商量。他们相互打听，在电话里猜测他的意图。

母亲问：“会有什么事情?”

大舅说：“肯定是和那个女保姆有关。”

虽然大舅说得很肯定，但母亲是半信半疑的态度。她一心觉得跟外婆有关，可能要商量月桂树的迁种问题，也可能外公记起外婆生前没交代的事，需要与他们商量如何处理。

家庭会议上，外公沉默着，坐在沙发上抽烟，小心把烟灰弹进白瓷烟缸。母亲想着那棵月桂树，花朵缀满枝丫时，邻人几里外闻着花香，走到门外，站在树下观望一会，或是陪外婆唠嗑。外婆曾经很温和，待人和善客气，总是搬出椅子请人坐，为他们泡新晒的桂花茶。母亲的唇齿间溢出那股香味，咂了下嘴巴。

“我年纪大了，一个人生活越来越困难。”外公打量着大舅说，“万一突然犯病，你们赶不及的。”

大舅把烟盒绕在指间玩，低着头不出声。

母亲说：“住我那里去吧。反正他也不会再回家。”

外公摇摇头说：“外孙回来了，将来还要找女朋友，我住着不方便。”

“有什么关系。”母亲为强调似的，端正身子，屁股往前挪了挪，双腿交叉伸直，双手插在大腿空隙里。这个姿势让她看起来有点幼弱，像照片中少女时代的母亲。

“我不想增加你们的负担。”外公站起来，走到放冷水壶的餐柜前，倒了杯水，端着走回沙发。“我想还是请个人，也不添你们的麻烦。”

大舅咳了几声，清了清嗓子，说："你这个年纪，人家怎么说?"

"人家还能怎么说?"外公提高声音，脸色像是动了怒。

"熟人会说你为老不尊，笑到我们面前来。"大舅把烟盒拍在茶几上，也提高了嗓门，"你是不是早就想好了？根本不用找我们商量。"

"爸不是在征求我们的意见?"母亲试图打圆场。

大舅张口有句尖利的话要说，又咽了回去，喉结滚动一下。

一阵沉默。母亲说："请个保姆也没什么不好，平时帮忙照料家务，万一生病还可以多个人照顾。"

大舅哼了一声，一副不理母亲的样子。

再明显不过，大舅担忧麒麟小区的房子，将来外公因年老糊涂，被保姆哄骗一把年纪扯结婚证，或者闹什么事实婚姻，房子的归属问题能惹一身臊。更何况人言可畏。水厂生活不便由保姆照顾的老人，背后总有人指点笑话，也的确有老糊涂的，七老八十非结婚，没两年好活走掉了，剩下一堆麻纱让子女纺，越揪越乱。也有没闹到那步的，被保姆骗干净了存款。

情形又回到十七年前。外婆过世半年后，外公提到晚年生活问题，试探着说想再找个老伴，母亲和大舅情绪激动，一致反对，并且对外公颇有看法。母亲当即发难。想着外婆才死了半年，外公一把年纪如此说，让她感到寒凉，不禁心伤抽泣。大舅也暴跳起来，说狠话外公若再找人，他不会认他。他们俩态度坚决，同仇敌忾般结成联盟，外公没有再开口。

B8

也许母亲只适合去西藏和云南，在人烟罕迹的地方，观看清朗天空的流云。她能忍耐让皮肤被晒伤，为那些不可复制的流动。当她去除苍白，皮肤上渐渐生出晒斑，她可以养些动物和植物，为羊挤奶时恍神，为山茶培土时停顿，在脑中慢慢勾画图案，流云按设想的线条铺陈，给她带来由衷的欢喜。可母亲的愿望一定与此无关。

外婆死后，母亲很长时间都在懊丧，悔不该没有耐心倾听她说话，也许耐心听了，可能会发现蛛丝马迹，就能及时制止她寻死的念头。母亲带回外婆一件旧棉袄，深咖色灯心绒花布，粗扁扣子，衬里是墨绿色的棉布。棉袄看起来厚实暖和。母亲用衣架撑着，挂在衣橱的不锈钢杆上，拉开柜门，能够从叠着的一堆布料中望见它。天气转凉时，母亲站在镜前，把棉袄穿在身上，也许因背光，脸上看起来一片忧色。相对外婆骨节粗大的身材，母亲显得娇小，棉袄套在身上宽大空洞，梳着髻的头也很小，像一个节假日穿着企鹅装的人。

母亲从邮政所下班，所剩的时间往返照顾外公。帮外公整理旧物和扫尘时，她在箱底翻出几双外婆做的鞋垫、一个小的集邮本和小撮裹了几层布的头发包。鞋垫是外公的尺码，母亲把鞋垫递向外公，他迟疑地盯了一眼，伸手接过去，在手掌上拍了拍，然后搁在木茶几边角上，点上一根烟，看着鞋垫发愣。小集邮本是母亲少女之物，夹着一些信件上撕下来的邮票，都露着半截邮戳。头发包母亲收在手提袋带回家，坐在电视声中回忆，外婆可曾提起与之关联的人与事。但记忆并不足信。她小心展开裹着的蓝布，头发碎而粗，像是从男人头上直接剪下，经岁月变得干燥发黄，沾染布料长年收藏的霉味。

母亲在收拾碗柜中不常用的餐具时，挪开叠高的碗器，柜子底板角落现出一个凹洞，她伸手去摸，手指触到柔软而有质感的东西，掏出来是个小绒布包裹。正是二舅捡到的那对金耳环。比箱底翻出的头发包藏得更隐蔽。外婆突然带上淘气孩子的品格。此后在母亲更细致的搜寻中，外婆的宝物渐渐隐现：几枚别致的像章、两匹送葬后家属回礼的白麻布、二舅泛黄的钢笔练字帖、一包袁世凯银币、首饰匣中一只缅甸玉镯……外婆把宝物藏得到处都是，在意想不到的地方随时能翻找出什么。这导致母亲较长时间热衷翻箱倒柜，欣喜于找到被藏起来的物品。

私下里她告诉大舅头发包的事，大舅听之惊诧，听筒里啊了一声。后来他重新调大音量，电视声音又响起来，他对她说："你不要管这个事。"母亲几次问询，大舅总隐而不语，一副知情人的神气，却不肯向她说起。她便顽固地猜测，因为紧张说错，又吐字简短的习惯，往往造成云雾的效果。她说："那年爸剪头发。刺伤那次。"大舅从云雾里瞪着她。

她应该是想起她在孩童时，外婆非要学剪头发，把毛巾围在外公衣领子前后，按住他的肩膀不许摇动，手里的剪刀无意刺伤他的耳根。那次剪发虽然成功，但外公再不许她剪发，特别是在孩子们的头顶上尝试，以免不小心误伤。

"到底是谁的头发?"她在电话里疑惑地问大舅。但他不吱声，随她如何猜测，抱定不会告诉她事实的态度。母亲心有不甘地盯着消音的屏幕，画面上的人物因失去声音，动作看起来有点失去平稳。她啪地关了电视，从手提袋取出小集邮本，手指摩挲土黄硬壳封面，上面印着几枚荷叶边的风景邮票。

大舅一家虽常回莫城，多是逢年过节小住几日。以前外婆每回都去车站送，母亲便跟着。冬日若是赶早班车，天气寒冷不必说。外婆戴着母亲钩织的毛线帽，总要抢着拎行李，走路飞快，没一会棉衣扣子松散地垂在胸前。母亲用厚围巾裹着脖子和耳朵，嘴里哈着热气，像小脚婆小跑跟在后面，落远了就呼哧呼哧赶上去。

外婆去世后，母亲送过大舅一回，两人默不作声，大舅往街边的小店望，母亲只是小跑着保持平行。破旧的小汽车站，坐在颜色可疑的椅子上等车，他们都各自盯着某处，或许是瓷砖掉落的门柱，或许是香烟摊前付钱的人，或许是天花板边角摆动的蜘蛛网。他们专注而隐现不易察觉的情感，除非你曾经历那些无言。直到缓缓的旧巴士进站，带走手指被烟草熏黄的大舅，他从不因道别抬起那只手。

大舅说他要回公司做预算工作，以后一家人可以安定下来，只是回莫城的住房问题有点棘手。母亲问他有什么想法。大舅在电话里闷了半晌说："若住爸那里，房子窄吵着他，孩子读书也远。内河路的那栋房子姐夫没出租，可不可以让我们暂住一段时间？"

母亲电话征得父亲同意，先去那栋空着的房子查看。她拉开焊着镂空花的铁门，从落地玻璃门进去，高跟鞋叩击地板的声响因空阔放大，内河路上的车辆和人声像不停息的河流，而屋内的一声咳嗽或许是振翅的蝴蝶，在另一时空引起连锁事件。母亲把第二层收拾出来。

大舅家搬到内河路后，外公和母亲周末去住，一家人陪外公打麻将，聊闲话。天气好时把麻将桌搬到平台，坐在楼顶打牌，余光能瞟见远处的山峰、天空的流云，近处房子平台上晒被单的人。听见的声音就更杂乱了，吱嘎响的二胡和车流声是常音，还有砰地麻将扣在桌上的声响，多半是舅妈摸了臭牌顺手打出去，口里念经似的嘟哝。外公有点受不住，也砰地砸下麻将以示警醒。

A9

对外公要请保姆的事情，母亲不及年轻时的反应，经历过一些事情，她理应更为精明，但实际她安于现状，无论明天清晨的现状是什么。

外公独居十二年后，旧单位楼拆迁，新厂区宿舍位置偏远，当时他已六十七岁，跟大舅和母亲商量，想在公共设施齐全的地段买房。他们一致同意，讨论过合适的位置、房子的性价比、升值的可能，最后选定了麒麟小区，看中的是小区的绿化和升值空间。外公把补房款和积蓄拿出，换了那套三室两厅的房子。来年他住进敬老院。

现在从敬老院搬回来，外公还得面对一个人的老年生活。

几次家庭会议上，大舅都死咬不放，说急了默默流一脸眼泪。外公解释他只想找个人照顾生活，年纪大了连上街买菜都感觉困难，万一心肌梗死发作死在家里没人知道。大舅只是自顾流泪，也不接外公的话，侧脸望着半拉开的窗帘。母亲跟随他的目光，看到对面楼的暗红墙面开裂出一条缝。

母亲提过几次，让外公同她住，他始终不肯。她又建议他搬去大舅家住，他也直摇头。大舅自己也没吭声。最后她只好再做大舅的工作，说是请保姆而已，每个月只给够工资和买菜的钱，平常外公管好钱物，不会有什么问题。大舅轻哼了一声。

外公直接问他："那你究竟是个什么主意？"

大舅说："如果你非要请保姆，将来落得人财两空无人照顾，我们也懒得管你。"

外公低下头思索了一下，说："我知道你们孝顺，一直对我也很好，你们各自成家这些年都不容易，我是出于不想再增加你们负担的想法，才想请个保姆照顾生活。我的头脑也清楚得很，不会有你们担心的那些问题。"

他说话时眼睛在大舅和母亲之间打量，说完后又低下头去，看起来像在继续沉思。

母亲听他这样说，心里一阵潮热，眼睛不禁湿了。大舅也默默低下头。

在一阵难堪的沉默后，大舅说："爸，你要真想请保姆，先把房子的过户手续办了，将来头脑发热也不会吃亏。如果保姆心眼好，真是为那点工资照顾你，我们也放心。"

外公和母亲的身体都震了一下，抬起头来，看着把脸撇开的大舅。

外公还没到百年，他却当面提到外公身后的事，但话至此，他不再顾忌那么多。"房子过户后，爸也不用提防着保姆，没事写写书法出门下下棋，可以安心地养老。你看七栋的周伯伯，以前好歹也一局长，稀里糊涂连工资加存折都交出去了，还给那保姆的女儿托关系找了工作，结果人家拍拍屁股就走了。房子要不是写在他儿子名下，估计到百年时他儿子都不会管他。"

"我哪里就老糊涂了？"外公拍桌子站起来。

母亲怔了怔，说："保姆哪会都是那样？再说爸也清楚着呢。"

大舅说："反正我就这个意见，虽然话不好听，可也是为你好，免得老来受骗失了颜面。"

母亲为缓解局面，起身去拿来菠萝和水果刀，垃圾桶放在脚边，坐在凳子上削菠萝皮。空气中一股菠萝香味。也许她在削皮时，想起大舅的话在理，于是开口说："大弟说的也不是没有道理，房子过户只是为避免麻烦，并不是大弟要了房子就不管你，他要如此我也不答应。"

外公陷在沙发里，看着她把飞出去的菠萝皮捡进垃圾桶。

母亲直起腰接着说："以前的旧房，妈说过大弟二弟两人平分，二弟死了，他那份不能少了侄子的。过户前把他娘俩找来，商量下具体补多少钱。"

外公和大舅都没开口。

B10

大舅双手血淋淋地站在门口，母亲开门看到血惊叫起来，手撑着门框不能动弹。大舅脸上都是泪，嗓音浑浊地喊了声姐，用脚把半开的门踢开，侧身从母亲身边走进玄关。血滴在混纺地毯上，很快渗进去，留下变暗的血印子。

母亲退后背靠玄关柜，急迫地想询问大舅。灯光下看清他用右手压着左手出血处，中指短了一截，她被血肉模糊的样子弄蒙了。大舅虚弱地说："去拿纱布帮我包扎一下。"母亲惶惶地冲向房间，撞到大舅曲起的胳膊，他的身体晃了晃，母亲惊恐地去扶。大舅用手肘推了她一把。她找出药棉和纱布，哆哆嗦嗦地给他包扎。

“断指呢？”母亲尖着嗓子问。

大舅从衣袋里摸出一个纸巾卷，打开是一截断指。母亲眼泪直流，恍恍惚惚说：“快去医院把指头接上。”一边弯腰套鞋子。

大舅似从梦游中醒来，卷好断指包，从玄关柜取出干净塑料袋扎紧。

断指时间短，医生为大舅进行了再植手术，左手中指接合上，痊愈后留下一道歪扭的疤痕。母亲那晚吓得不轻。平常她就不敢剖鱼宰鸡的，对着断开的手指，喉管像被污血堵住，胃里冒酸却吐不出去。

母亲在医院稍许镇定后，询问大舅手指如何断掉。他低着头一脸悲伤，支吾半会，声音都在喉咙里。最后他们望向了窗外。医院里灯火通明，外面虽亮着路灯，许多地方暗影重重，透过树木和房屋，天空以几何形状映衬眼中。

周末水厂组织退休职工体检，母亲陪外公在彩超室外排队，外公突然小声说起大舅，面色凝重。外公说：“手指是他自己剁的。”母亲正盯着彩超门外悬挂的单号。“什么？”她侧头看向外公。他长叹口气，手腕松散地叠放在膝盖上。

大舅两夫妻这些年所围绕的，几乎是关于房子、孩子教育、打牌这三个问题的争闹。房子是致命伤，牵扯甚广，仅是孩子户口、择校、教育质量多种孩子问题，就让他们分歧重重，何况还有家庭的稳定、发展、幸福指数。生活环境是另一大问题，一家人常年随建筑队四处搬家，小孩又不舍得放在父母那里，只能随工程驻地不停换学校，工地上哪里有学好的孩子，大人也只沉浸在打牌聚赌的娱乐。

断指事件便由打牌引发。自从搬回莫城，舅妈一心指望大舅多接活计，早点为娘俩买处安身的房子。那天清早舅妈犯胃痛，大舅出门前答应中午早点回去做饭，结果娘俩没等到中饭，晚饭也是拿钱给儿子自己吃的。舅妈肚子又痛又饿，浑身无力，等到大舅半夜哼着小调回家，她猜他准是去打牌赢了小钱，强撑精神劈头盖脸骂起大舅，又委屈地哇哇直哭，痛数这些年的苦难家史。大舅既恼怒又心疼，直哄着舅妈要戒牌。舅妈问：怎么戒？然后目光如炬地望向他。大舅从厨房拿出菜刀，一刀往左手中指剁下。

自从大舅剁了中指又接上后，好些日子没出现在母亲眼前，不知是修心养性还是怎么，她只当他活计多忙着，照例去帮外公料理家务。

一天下班早她去看外公，大舅刚好也在，母亲拉过他的左手，翻着手掌看手指两面的疤痕。大舅抽回手，说她跟孩子似的，一圈疤痕哪里那么好看。说完打开门看了看靠在门板望天的外公，嗫嚅着说：“姐，跟你商量个事。”

母亲正收拾烟灰缸，倒掉里面的烟蒂，用纸巾擦着缸壁的黑烟灰，头也没抬地问：“什么事？”

大舅等了等，直到她擦干净烟灰缸，重新放在茶几上，坐进沙发里，他才开口说：“你知道我和弟妹的情况，她整天嫌我这嫌我那的，说穿了就是嫌我没钱，不能给他们买房子买幸福。虽然工地上工资不低，可一家子开销全在我身上，这些年也没存上钱……”

“你说有什么想法吧。”母亲打断他的话。

“要凭我买房何其困难，她又不肯住爸这里，虽然暂住在姐夫那栋房子，也不是长久的事。我想……”他顿了顿，拿余光瞟母亲的神色。

母亲只是低着头，用纸巾擦着茶几上的印子。

“我想凑点钱，就在那栋房子上再加一层，往后我们住在上面，下面四层姐夫出租也没问题。只是不知道姐夫会不会同意？”大舅顺直把话说出来。

母亲愣了愣。“这个能行吗？”她往门口的外公扫了一眼，他依旧在望着天。

“反正是自住，手续办不办没问题的。”

“可那栋房子……”母亲本来想说那栋房子的事，父亲从不让她插手，可想起外婆曾骂她寡情寡义，只会听从父亲，她想说的话没有出口。

第二天清早，母亲走到内河路时，远远看见自家房子的天台围栏拆了，屋前坪地上到处堆着水泥、河沙，几个工人正搭架子，往上吊水泥。看起来已开工几日。她走进大门往二楼走，大舅正准备上天台指挥，看到她从楼梯上来，脸绷着迎上。

“我还没问你姐夫呢。”母亲生气地说。

“我想着由你跟姐夫说，肯定能说通。最近天气不错，早点开工早点建好，也了一桩事。”大舅赔笑说。

“你倒是了事了。我该怎么跟你姐夫说？”她看着外面吊在半空的水泥，突然想起问，“这上面加建一层，能承得起吗？”

“姐夫是专家，办事牢靠，这基础和梁扎实着呢。”

大舅咚咚咚地往上跑，一边吆喝工人。

A11

月桂树迁种的问题，经家庭会议商量，决定捐种到林音寺。外公住在敬老山庄的四年，很少进入林音寺院内，却每日听得寺里诵经撞钟，更对林音寺院后的古树林心生向往。虽寺庙对种植植物种类有讲究，但外公说，月桂树也是寺庙种植的品种。

由我和母亲陪外公去林音寺交涉。

几天的连绵细雨，灰雾蒙城。马路上的警鸣、断续的打桩声、铁锹铲土的刮擦、车辆驶过轰然一路，所听令人有股难言的情绪，抓挠身心不能安顿。此时近黄昏，暮色浓稠，雨停了，树枝滴落着水珠，我们在青莲路上行走，避让水珠打湿身上。若是躲避不开，水凉凉地钻出头发流到额头，或是从耳根流入脖颈。

武庙封了一人高的围墙，水泥填补的砖缝露在外面，路边并未开门。从墙头看得出庙内修葺过，檐角、木梁油漆崭新，跟庙后的苍郁树木尚未融通。

母亲说："门都没留，难道翻围墙进去？"

我沿着围墙侧的土坡路爬上去，土坡和围墙持平，稍胆大的人都可以跳入庙内。门口安放着两尊新的石狮，红绸带系在上面，被肃穆的环境衬得夺人眼目。站在小土坡上，穿过古树的包围，隐约可见敬老山庄，如今那里该是一片空寂，最后如一路所见的废弃房舍。

林音寺相传是个僧尼杂居的寺院，专家学者或许为此考证过，但对于一般市民，不过是个粗野的笑话。也许因历史动荡，僧尼交替管治过寺院，也许曾因战争避难，僧尼分住两边的禅房。现在林音寺只有尼姑，她们并不如电视上的严肃，灰袍穿得随意，神情未有异样。天气好时，她们翻晒衣被或果蔬，还会坐在门口织毛衣。

我们走到寺院门口，有个矮瘦的男人在诉说噩梦，过度拘谨的神情，让他看起来像个自感卑贱的鳏夫。站在对面的中年尼姑，语气温和坚定。他们身后是另一个灰袍背影，向左侧的钟楼走去。夜幕的钟声深沉悠远，颤音余绕。

我问外公："清晨也会敲钟吗？"

外公站在寺门外的姿势，松散而孤静，除了腰轮胎圈般凸出的部分，整个人融入薄夜里。他似未听见我说话，也不在乎周遭。

"应该会敲的。"母亲在右侧说。

"晨钟为警醒深省，晚钟为启蒙发昧。"外公偏头看我一眼，大概考虑到我的理解力，顿了顿说，"寺院都以钟声为号，不同时刻钟声长短不一。"

我犹疑地点点头。虽然幼年跟随外公学书法，读过许多古诗，但对诗句表达或隐在背后的东西，总是难以理解。现在我们站在寺外，外公说到的是晨钟晚钟的区别，涉及修行之人，显然有点高深于我的理解。

"你可记得王维的《投道一师兰若宿》？以前常让你练写

那句：昼涉松路尽，暮投兰若边。可惜无法投宿。”外公的语气幽幽的，像透过天井的阳光，斑驳破碎，又像穿过重重叶隙，看不清林中的景致。

刚还想到古诗，外公此刻提起，他最后说到“可惜无法投宿”，显然是种叹息。也许外公想到夜色渐浓，我们还要再走回去。而我听到“兰若”，霎时想起《倩女幽魂》中的兰若寺。母亲在旁安静如兰若寺外一株松萝。

我们走入寺内，往正殿去找执事的尼姑。

外公说，就是钟楼前空地吧。

B12

多年前外公在当市自来水公司经理，父亲还只是市建校的一名教师。年轻的父母热恋过后，刚好新婚。水厂计划建新厂区，父亲同乡找到他，让他从外公处帮忙承包项目。母亲听后自揽活计，回家却反劝父亲，叫他不要插手工程，说外公要登报公开招标。父亲说此事若办成，同乡要他去公司做工程部主任。她希望他事业上新台阶，又极力想促成这件事。可这回她又听进外公的话，觉得人家使的是暂时的权宜之计，并转述外公的话，他一名年轻教师能干什么。不管事情本来如何，父亲对母亲的处事态度哑然，甚至懒得拍桌子吼骂。

母亲暴露出思想简单、没有主见的缺点。她不擅长思考和梳理，又为相对方摇摆不定。父亲窝着火，酒桌上被同乡挖苦几句，酩酊大醉回家，跟母亲撒了一回酒疯，砸了她两个花瓶，说她就只会摆弄虚头虚脑的东西。她把碎瓷片扫进撮箕，站在一旁看父亲咆哮完，歪倒在沙发上，她打来热水，给他清洗下巴和脖子沾的呕吐物。父亲睡醒后，翻出各种专业资格证书，去一家私企应聘工程技术人员，很快做了项目经理，独立负责项目的施工管理。

母亲把这件事作为父亲和外公不合的开端。就像每件事有它的因果。如果不是这件事的影响，父亲不会受刺激辞了市建校的工作，也不会几年内赚出一栋临街带门面的房子，如果没有这栋房子，他还将和我们生活在一起，只可能脾气更坏一点。如果一点点往前追溯，父亲那个该死的同乡，将被母亲一次次唾骂。事业每上新台阶的父亲，只被带离得更远。

二舅车祸身亡时，父亲在棠溪县紧盯项目进度。外婆喝农药过世时，父亲在西柏市处理工人坠楼摔伤事件。母亲独自去车站送大舅那回，父亲因被赏识升为公司副总，准备接手省城某小区项目，频繁加班和应酬，偶尔被抬手抬脚进家门。大舅开口借住内河路的房子时，父亲因施工图设计，赶去省城组织开会讨论，母亲打电话征求意见，他正忙着陪出资方老板吃饭，让她自己拿主意。

父亲呆在外地的时间远多于家中。母亲有次半夜压低嗓子讲电话，空阔的客厅有轻微的回声。她在说：对他来讲，我不过就是孩子他娘。她在给谁打电话呢？闺蜜还是大舅？她从未在人前抱怨，对嫂子长嫂子短喊她的他的同事，一直温文喜颜，对他们偶尔的粗俗玩笑皆微笑处之。

对父亲买给她的衣物、首饰，她仔细收藏，觉得场合重要也会穿戴一新，平常喜欢已随身形的旧物。她小心伺候露台的植物，唯恐疏忽导致衰败，也担心人与植物在环境中的影响，每养新品种先要翻找栽培的利弊。儿童时我曾误舔滴水莲叶尖的水滴，引起嘴唇红肿。以后母亲总把滴水莲在露台和客厅搬来搬去。容易引致父亲过敏的绣球花一类，直接清除出屋子。

大舅搬回莫城后，那年父亲几乎都在省城，过年停工放假回家，猛然看见内河路上加出一层的房子，就像干洗过的羊毛绒西服加了大补丁，豌豆荚中吃出半条虫子，令他感到愤怒和恶心。他匆匆赶回去质问母亲。虽然遐想多次如何说道，母亲还是惊慌失措，难于面对苛责。

父亲朝她吼："你是猪油蒙心，还是软蛋，自家的房子让别人违章加层，你有没有问过我？"

母亲怯怯地说："大弟又不是别人。"

父亲抡起胳膊，半空中又停下。母亲看到了他手臂的趋势，眼神中有种惊吓和怀疑。她退到椅子旁坐下，呆呆地望着他。

也许那刻他们都突然感到，这些年的聚少离多，两个人并非印象中那么熟悉。当生活完全是顺其自然，究竟顺到了哪步？父亲抬起手准备扇向她，看到了她的目光，还有松弛起来的脸容，片刻顿住，迟疑了几秒后，转身走到窗前抽烟。母亲望着他的背影，那不断超出身体散漫的白烟，晃晃悠悠升腾，最后消失殆尽。

父亲说："你爸拿的主意是吧？"

"不是。"母亲低着头，手指缠绞茶几铺着的丝质桌旗，一会分出单根的流苏穗往手心挠。

"若不是他，大弟能想出这样的办法？你太高看他了。"父亲走过来，在烟灰缸中狠狠摁灭抽剩的半支烟。"房子我要卖了。大弟走了这招，卖房款我给他三分之一，这样总对得起你一家人吧。"他站在她跟前说完，竟然翻了一下白眼，沿过道走回房间。

母亲在一屋子的难堪中呆坐。

此后父亲若不到年底，几乎不归家。母亲偶尔也去省城去他呆的其他城市，慢慢灰了长途跋涉的心。母亲说，有些事不需要看到结果。她从没在小辈面前谈起，她和父亲如何相恋走到结婚。他后来只是家中一个魂魄。他的气息占据着屋子，身体却在远处，他时而成形或站或坐于某处，大多时候是散落的姿态，一片片、一点点灰烬般落下，覆盖住家中所有的零散用具，若是关门过重脚步匆忙，那些灰埃惊起，轮回到下一次的飘散。

大学毕业那年，父亲打电话给母亲，让她和我说，他以我的名义在省城买了套房，让我毕业后去省城工作。我帮着接私活的教授做游戏漫画，留在了重庆。母亲也许委婉地说我喜欢那份工作，也许说男孩子愿意自己在外闯，谁知道她对他如何说，却不会超出性格中的那些东西。

大雾

外公在林音寺商定好迁种的日子，在我家住下。第二天傍晚，母亲在厨房炖鸡汤，外公看着电视泡他的假牙，我受不了那个牙碜的场景，出门去代办点买火车票。才坐到椅套皱巴巴的的士上，母亲打电话说，外公突然头痛得厉害，一点步子都不能挪。我下车赶回去，外公坐在沙发上，上身挺直，双手压着头部。她想让他坐得舒服点，试图扶他往后靠在沙发靠垫上，但他稍稍一动就立即喊疼，我想背他下楼都不行。我和母亲只能搀扶他，一点点地挪下楼，打车去医院。

坐在车上，母亲给大舅打电话，让他快点赶到市医院。大舅问了一下情况，说家里正有客人走不开。母亲侧身看了看姿势别扭的外公，加重语气说："不要废话！快点来！"她几乎从未对人使用命令口气。

医生让外公先住院，然后做详细检查。外公说他的住院本、门诊卡、银行工资卡都在随身带着的黑包里。母亲去办好住院手续，大舅赶了过来，一起商量送饭和陪床的事。他说家里实在是有客，让我先守一晚，明天他来替。他去病床边问了问外公的症状，急匆匆走了。

第二天检查报告出来，医生说外公没什么毛病，头痛可能是落枕引起。母亲放下心来。大舅在电话里很不高兴，说外公害我们虚惊一场，无非是以生病要挟，要我们早点同意请保姆的事。一把年纪还预谋成这样，他用感叹的语气说。母亲为大舅的话很生气。大舅赌气说，他要不是预谋，怎么出门把医疗卡、工资卡，连住院本都带在身上？他爱住就住，总会住不下去叫医生赶出院的。母亲看他越发说得泼皮，用力摁下手机键挂断电话。

外公住了几天医院，回家后让母亲把家人都召集过去。他同意把房子过户到大舅名下，让他按稍低于市价折算，把百分之三十的房款补给小孙子。二舅妈早年改嫁，本也是性情温良的人，多少有一份给儿子她已满意。只有母亲有点惊诧，虽说大舅平常多为照顾，百年后还靠他捧灵牌，她以为两个弟弟家本该分得平等。但大家似乎都没意见，她也只把自己的愕然藏回肚里。

不知道外公这个决定，和我少年时听到的有没有关系。暑假去蓝水县大舅家玩，早晨醒来听到大舅和舅妈低声说话，断续听到的事情，很长时间让我犹豫要不要告诉母亲。大舅说外婆死前无意说出一个秘密：二舅不是外公的儿子。舅妈的口气既惊讶又兴奋，赶忙问外公知不知道。大舅吼了她一句，这种事谁去问！我想跟母亲说，可看到她因外婆的死，身形瘦去一圈，我很难过。于是我告诉父亲，他要我答应不说给母亲听。因为这个秘密，我与父亲勾了手指，莫名其妙地相视大笑。我甚至觉得那刻自己像男子汉，和父亲一样可以保护母亲。大舅和外公争执过多次，他也从未将这个秘密说破。也许外公早年便知，所以家产偏重血缘；也许外公真的念及这些年大舅的照顾，觉得他理应多分。

而这一切，跟我与父亲关联不大。我已经无法说出我们的问题。只有时间在行进。也许我和父亲都是出发的人，而非送行的人。亲人把我们送去更远的地方，然后留下来等待，我们却害怕那种滞留。

那年父亲发现大舅私自加层后，一心要卖掉房子。刚好附近有相熟的老板待售楼盘，他帮大舅要了折扣，把自家那栋房子处理后，按承诺分了大舅三分之一的钱。大舅买了套三室一厅的现房，三个月后住了进去。内河路上的门面突然涨价，父亲那栋房子卖亏了不少。但父亲说，卖亏也算了，免得越拖越出麻烦，一家人到后面连亲戚都做不成。自此我更少见到父亲。直到读大学后，我像完全失去了他。说像是因为他偶尔和母亲通电话，母亲会转述他说的话，而我已有六年未见到他。他等同消失却企图遗留忘却的声音。我不会给他机会。

离开那天清晨，一切如常。本来也没带回什么，走时只是几件衣物，还有母亲硬塞下的零食。站在窗边往楼下望，一个个背着书包的孩子走过。看到楼下蓬勃的香樟树，想起月桂树迁种的日子临近，有点遗憾看不到那个场面。三十多年的月桂树，从幼弱树苗长成葱郁大树，花季时开得绚烂柔姿，采一把桂花淡香余留手心。外婆当年种下的时候，怎么会想到它还会与佛有缘，某天栽种于林音寺，从此每日耳濡目染尼姑们扫落风尘，焚香彻悟。暮晚，它可听到山寺晚钟，留宿于寺院内，不必因世外惊扰，急于归去。

我能想象外公和母亲，站在种好的月桂树下，抬头仰望的姿势。

玩宠的大旅舍

斩杀力

隔壁 417 的玩宠悄悄溜进房间，我正流着哈喇子午睡。夏天多热，蝉声聒噪得要命，你不得不把木窗打开挂着风钩，那就得承担爬个什么进来的风险。

“统统招摇过市！统统！”弟弟左手逆时针画个圈，把窗下挑箩筐推板车骑自行车的人算在内。街对面楼拿水枪威胁的人就算了吧，他们是暴民。我想弟弟会赦免他们招摇过市，直接拟旨为天敌。

对于天敌弟弟丝毫不留情，所以当我被大力的砍击声惊醒，惶然盯着水磨石地板上被剁成几截的玩宠，第一波的懵懂褪去后，第二波的恶心冲击着我。你没办法在床前看着血糊糊的花蟒蛇，一截一截被剁成肉段，不会像个小姑娘一样尖叫。

我想街对面楼也一定伸出很多头，恰巧有鹭鸶可能选中几个当螺蛳叼走。

你知道弟弟生得晚，急于表现都会有些性格。捏死几条蚕那是顽皮，关键是他有耐心坐在饭桌边，把一盒蚕一只只从桑叶中拣出来，从头一点点捏扁，挤出的东西……算了吧，再说下去，我真的快吐了，每次都像怀孕的妇女干呕。再有的重点是他学我干呕的样子，然后瘫倒在身旁的床或沙发，因为靠得近，我闻得到他身上黏稠的气味。如果他躺倒在地上，四肢伸展成大字，则散发的黏稠味更浓。“因为他在尽力发散，他有这个意识，意识会促成目的”，这是我能得到的结论。

弟弟的意识源源不断，而且与日创新，这引起我的担忧。但老实说，也许只因为我是个小姑娘，小姑娘的意识里充满心慈手软。男孩们烧个马蜂窝，用乒乓球末药死只狗，这都是童年游戏。有次弟弟在阳台晾衣竿上，逮住一只停栖的傻鸟，他按住它的头埋到翅膀下。母亲会把鸡头藏在翅膀下，拔一点脖子上的细毛，用刀子割开喉管，鸡血细直线飙出来，溅落到卫生间的墙壁和地面。弟弟啥工具都没用，只是一根根拔鸟的羽毛，鸟的痛感请参照用镊子拔汗毛再乘以数倍。我猜想弟弟拔羽毛的意识来源于女人打架，相互撕扯推搡最后都落到头发上，街上女人因为鸡毛蒜皮大打出手，老爷们通常摇着蒲扇坐在树荫下纳凉。

弟弟的意识有时会保护我，比如他腰斩花蟒蛇，是怕我被凉飕飕惊吓，蛇皮可不是凉飕飕的风。小姑娘的晕厥也不是闹着玩的，她晕厥前的尖叫会震动整座楼，对于60年代建的大旅舍，没有比尖叫更令它松动的了。住211祁剧团的秦爷来时，起初每天在房间吊嗓子，嗓子一起旅舍如一口大池塘水波晃荡，身为旅舍经理的父亲肩膀一抽一抽。他站在窗前抽烟时，烟灰抖落满地，有次他还半躺在床上，捏着烟的手伸向烟灰缸，燃着的烟灰掉落床单烧出一个窟窿。母亲忍无可忍，穿上最好的紫衬衫和包臀裙，蹬上高跟鞋去拜访秦爷。此后父亲抽肩膀的毛病才得以消停，否则总像吃饱了撑着在打饱嗝。

母亲快步走进房间时同样发出尖叫，我不得不掩着耳朵闭起眼睛，用更高分贝盖过母亲。我觉得天花板的墙灰在唰唰掉落。她一眼看到地板上血糊糊的肉段，连忙掉过头去尖叫，叫过一会定神看了看，撇过头接着尖叫，脚步退到了门口。我们的尖叫令弟弟手足无措，他提着菜刀从母亲身边挤过，到卫生间冲洗刀去了。母亲突然旋风一样冲到床前，箍紧双手把我抱出房间，一放到地上她就开始拍打我的衣服，以为我是从泥堆里捞出来似的。

被腰斩几截的球蟒是隔壁房客的玩宠，他是个有些神秘气质的青年男人，脖子上挂一条金链，喜欢穿红色长裤，白天睡觉和饲养球蟒，晚上出门会朋友。据说他的台胞叔叔大方富有，并娶了他年轻貌美的女性朋友，回大陆探亲时，还古道热肠撺掇年轻女人嫁去台湾。说回把菜刀砍卷刃的球蟒，在父亲出差未回场面失控下，母亲颤抖着搜出一个黑色塑胶袋，递给弟弟死命偏头使眼色暗示。弟弟不得不行使了父亲的角色，把蛇段一截截装进塑胶袋扎好，按照母亲的吩咐扔到几条街外的垃圾场。母亲用拖把拖过几次地面后，又蹲在地上用刷子和抹布仔细刷洗。

神秘的隔壁男人傍晚回来后，一间一间旅舍寻找玩宠，他犹疑地敲开我家房门几次，母亲都以父亲出差未回做挡箭牌，硬生生把青年男人隔在门外。我想最主要是他轻视了女人小孩，我们才得以脱离他神秘气质下的挑衅，并使得他的台胞叔叔又破费买了条球蟒。而我和母亲总是梦见许多蛇不远万里，从非洲游走到我们床上。

马戏团

大旅舍处在中山路和前进街交界，临近渡口，摆渡的船只停靠，带来络绎的人群。河北马戏团进城时，宣传车从芝山路开来，车后跟着步行凑热闹的人，窗下空前绝后地拥挤。我和弟弟站在窗前很兴奋，特别是宣传拖车后面载着一只华南虎，关在铁笼子里巡街。为庆祝盛况和老虎的到来，弟弟从私藏铁皮盒里掏出两个雷公炮，把引线扭缠点燃后迅速甩向老虎，响声在半空炸开令老虎啸叫一声，人群顿时炸了锅，胆小鬼们开始尖叫和逃跑。

我不得不缩回头，和弟弟趴在窗台下。和男孩为伴，总要跟随他们的节奏。

婴孩开始哭，母亲们有得忙了。骂骂咧咧的男人们开始起哄。我们以为老虎发威会冲出铁栏杆，但窗下没有虎啸的声音。这使得我们不得不再次伸出头，查看老虎的动静。此时副驾驶座上的疑似驯兽师，已经爬到拖车上围着铁笼巡查，老虎俯伏在靠车内的角落，身上的条纹一抖一抖，就像父亲抽动的肩膀。

“切……”弟弟拖长了音表达嗤之以鼻。

傍晚自称马戏团老板的人来住旅舍，我们因看不起老虎，也对马戏团老板没多大热情。这使得我们故意捣乱，谎报军情让前台服务员跑来跑去。于是我们看到等待中的马戏团老板，往他身边的女人屁股拍了一把，女人嘟哝一句往旁边让了让，脚踢到罩着黑布放在脚边的笼子，笼子里发出“唧唧唧”的叫声。我和弟弟对视了一眼。

我们年龄只差一岁的姐弟，姐姐向来只有光环，没有话语权，所以对待不能阻止的事，只能成为同谋。弟弟等马戏团老板和提笼子的女人出门后，从前台取了306号房间的钥匙，我们走着螃蟹步进到房间，然后看见窗台下罩着黑布的铁笼。

弟弟一把扯开黑布，笼子里关着一只长尾巴猴，瞪着眼睛面对我们。窗帘因风飘荡着。小猴子伸出爪子抓挠铁栏杆，一边病恹恹地“唧唧唧”叫，眼睛不时瞟我们。弟弟向前一步，小猴子马上后退贴着后背的栏杆。弟弟围着笼子慢慢踱步，小猴子也跟着转圈，一会估计被绕晕了，步子踉跄都踩着尾巴了。弟弟竖着手背伸进栏杆，猛地一拍小猴子屁股，小猴子一蹦头撞到顶上的栏杆，发出“嘭”的一声。我和弟弟相对大笑起来，歪倒在凌乱的床上。

弟弟躺了一会站起身，从口袋里摸出几个雷公炮，示意我抓住小猴子尾巴，我不敢抓，他就出门去了。我盯着小猴子龇牙咧嘴，把尾巴卷到了头顶栏杆上。等弟弟推门再进来，小猴子警惕地看着他。弟弟盘腿坐在笼子附近，从口袋里摸出胶布和剪刀，把雷公炮用胶布缠紧放在旁边。他准备好后一把扯住猴子尾巴，小猴子拼命想挣脱，伸出爪子去抓弟弟，但是弟弟把它的尾巴扯得很紧，小猴子够不上，只能不停叫唤。

弟弟用猴子尾巴绕雷公炮卷一圈缠牢，炮仗引线留在外面，站起来从裤口袋摸出一盒火柴。小猴子声音都嘶哑了。但全城的人正赶去体育馆空地看马戏团表演。弟弟把猴子尾巴夹在腋下，用手指挥我出去。我呆呆地挪动着步子，不时回头看看颤抖的小猴子。弟弟划燃了火柴，点着引线迅速跑出来把门关上。一声炸响后小猴子撕裂般地叫着，母亲从走廊小跑过来。弟弟撒腿往侧楼梯撤退，我只能跟着逃跑。

当我们一路快跑到体育馆空地，那里搭起彩色帐篷，宣传车停在帐篷外放着广播，门口堵满要进去的人。我和弟弟举着下午跟母亲磨来的票钱，扒拉人群往空隙里挤，推挤到卖票的桌前换了两张票，又扒拉人群往帐篷里挤。

我们对小狗熊走双杠、滑稽驯马、山羊走钢丝之类的节目不感兴趣，等着看胆小的老虎如何钻火圈，一边忍耐帐篷里令人作呕的臭味。当然我们挤到最前几排，隔着简易舞台不到 5 米，站在马戏团准备的塑料凳子上。

驯兽师领着老虎出场时，我们准备好了，等着为老虎嘘声。它被领着绕舞台一圈，然后突然站立趴在防护铁网上，巨响引来一片尖叫。驯兽师严厉地斥责了一番，老虎前腿趴地跟着驯兽师往台架走去，它爬上台架又侧头往观众席看来，小孩子们忍不住激烈争论。另一名驯兽师把火圈推到老虎跟前几米，引导老虎试跳了一次，接着他把火圈周围的燃料点燃，老虎跳过去了，台下响起欢快的鼓掌和哨子声。驯兽师加推了一个火圈过来，并且点燃了，现在老虎要同时跳过两个火圈。

老虎跳出防护网时人们都愣住了。只有我看见它跃起时额前钻火圈烧焦的毛。它跳出防护网后往走道里跑，但走道也挤满了人，人们惊慌失措地推搡躲避。同时驯兽师击打着手里的驯器，“啪啪”的声音让老虎停了下来。但受惊的人们还是不断往外涌，有些经过老虎身边的人腿一软，被后面的人往前推去。

闻讯出警的派出所民警立即遣散人群，与赶来援助的消防队团团包围马戏团。马戏团老板还来不及找父亲算账，让驯猴女人提着被炸断尾巴的小猴子，与他的动物团队连夜被赶出城。

我和弟弟整晚听到各种动物的叫声，伴随着难闻的腥臭。

少年游

弟弟的天敌们小时候还只拿水枪威胁，从对面楼射击我们，但距离不在射程几乎是耍花腔。再大一点就拿冲天炮点燃冲过来，常常烧焦窗帘或冲进客房，引起住客的一通乱骂，而母亲是要到对面楼理论并要求赔偿的。所以那些小混蛋只好路上堵我们。无非是倚强凌弱，比较单纯以逞强和欺负为目的。

有时他们也表现要轻薄于我，趁不注意捏我下巴，如果我有锥子脸我就扎他们，可惜我下巴圆润没有优势，只好跟书本里的小英雄似的噘着嘴。如果他们及时收手倒也算了，若真想掐掐我的脸，弟弟书包一抡是要干架的。通常最后是弟弟被围困喊着别打脸，脸上挂了伤回去大家都不好交差。

打架就怕人撺掇，强势方为显显威风随便欺负下，如果围观的人嘘声，认为欺负得太小儿科，对方发狠非要挣回面子，弱势方那也是要拼命的。

16 岁生日那天，有个男生邀请我和要好的女同学溜旱冰，弟弟非要当跟屁虫。新开的溜冰场就在大旅舍旁边的总工会。我穿着母亲新买的泡泡袖白衬衣和蓝白牛仔裤，套上溜冰鞋后感觉被拔高了，而弟弟脚下生风有哪吒的样式。

我和女同学扶着栏杆试了试，之后依靠天生的平衡感，我可以在场子里慢慢滑圈。弟弟的天敌们叼着烟进来时我就看见了，他们吵嚷着很快进了场，有个当上火车头带着一溜人。弟弟在场子边的冲浪区，我躲避长火车靠过去，但突然被两个人分别抓住手，拖着往水泥大波浪冲去。我的心提在嗓子眼都顾不上尖叫。好歹冲过去了，他们也不松手，我甩手挣扎被绊倒了，“扑通”摔在地上，右腿着地摔得生疼，双手腕伏地估计给扭着了。

弟弟和他的天敌们又干上了。弟弟上前一推其中拖我手的人，那人脚下一溜老远踉跄摔倒，站在我旁边的另一个人冲向弟弟，弟弟一拳抡在他的胸口，他冲过来的同伙一拳抡在弟弟下巴。完全乱套了，他们也不讲究章法了，尽往弟弟的脑袋和脸招呼。我尖叫起来，眼睛扫雷似的，但为我庆生的男同学是个熊包。

弟弟已经被逼得半躺在地，他用脚使劲踹迎上去的人。溜冰鞋还套在他的脚上，所以有个人像我一样尖叫时，听上去声音很惨。所有人都停了几秒看向他——他的眼角在流血，手捂过去血从指间流下去。场子老板带着几个人跑过来。我认出老板是三年前住隔壁 417 的男人，弟弟把他的球蟒剁了的那个神秘气质男。我咋咋呼呼跟他比画，嘴巴讲个不停，然后扒拉开围着弟弟的人，扑到弟弟身上，仰起脸眼巴巴看着他。

他当然认出了我们，但是没有表现，其实他认不认得，弟弟的天敌们都知道他认识我们。谁不知道 90 年代初玩球蟒的人住在大旅舍，他还有个人人听说过的台胞叔叔。此时他留着披肩发，穿着贴身衬衣、喇叭牛仔裤，一副台胞的样子，张口的掩音都是台胞腔。三年前他告辞邻里去了台湾探亲，听说后来到了福州，现在把总工会的大会议厅改成了溜冰场，也不知道他的新球蟒有多长了。如果不是情况紧急，我真想问问他的新玩宠。

隔壁男人保了我们，让天敌们先送伤员去医院，然后我们出医药费。所幸伤者眼角缝针，没有伤着眼睛。因涉及一大笔医疗误工营养费，我和弟弟无法自筹，只好央求母亲出阵。母亲凭她一贯软磨硬泡的功夫，嘴巴甜得抹油，鞍前马后地照顾伤者情绪，最后以少量医药费和平解决。但父亲可不那么好糊弄，过关递通牒，没通牒过不了关那就吃毛刷。

弟弟把自个吊绑上了，一根绳捆住双手腕，一端系在四楼楼梯扶手转角。住客们上下都惊奇地瞟一眼，活泼的住户难免开开玩笑。弟弟这一闹腾，父亲出场自带主角光环，住客围观他也不便发作，喘着粗气解下扶手端的绳子，往手掌绕一下牵着弟弟进房。弟弟也不敢启动脚下刹车，身子往后略倒着被牵回家。

身边有个人整天在你眼前晃，他和你从穿开裆裤到变了嗓，然后有一天他把自己绑在楼梯扶手上，你看着他被父亲用绳子牵回家，这种感觉莫名其妙透了。弟弟遭了一顿藤条鞭打，街对面楼的天敌们喜滋滋乐呵，不时嘴里模仿着鞭打的象声词。父亲把木窗大开着，仿佛就是要天敌们看着行刑。弟弟嘴唇都咬破了，闷头不出声。

父亲白面书生惯了，突然发狠教训起弟弟，脸涨得通红、手执藤条的形象，让我望背生凉。我突然觉得很多事情是不稳定的。也许有天起床，我会跌落在蛇窝里，被蛇死命爬呀缠的。也许母亲会变成一个垃圾婆，逼着我吃头发。也许弟弟会折断手臂，断手处长成一个恶心的疤，然后用那个肉瘤似的东西指着我。

意识流

当弟弟遭遇了那顿毒打后，天敌们不再找我们麻烦。直到父亲五年后病逝，我们才得以知道，父亲警告过长成大小伙的天敌们，并与他们达成了某种理解。达成某种交易好说，达成某种理解却很难理解。父亲的灵堂上，天敌们齐刷刷点燃香烟，插在香炉里，跪下来作揖并鞠躬，仿佛他们祭奠的是兄弟。

母亲总能为弟弟掩饰，即便是炸断马戏团猴子尾巴，住客房间被鞭炮渣烫坏窗帘和被单，但母亲有各种甜言蜜语对付父亲。直到接到父亲的病危通知书，母亲不相信地把那张纸往窗外一扔，看着它被风带走，她的失语在一次次眉眼飞扬中，那么突兀如炎夏晒过的滚烫的石头。但说回我们还未被石头烤灼的时间。

前面说到弟弟有各种意识，你以为他与生俱来，倾向关注破坏性的事物。但那顿毒打是分界线。他开始梦游，夜里小解会摸到我的床头，淅淅沥沥地把我惊醒。我不敢尖叫，甚至不能在黑暗里仔细观察他，对我来说他更像惊悚片里的一抹身影，或者一次绝妙的配乐，但不是我伸手可碰触的弟弟。

于是我关起房门睡觉，睡梦中听着挠门的声音，“野猫的利爪”，不知道是休眠还是活跃的脑子，在四肢躺着时闪过这个念头，然后是弟弟坐在房门口，怀里抱着脏兮兮的黑猫，它用深幽的眼神穿过门板盯我，而我透过门板看见弟弟准备了老虎钳，并且开始动手了。黑猫始终迫使我与它对视，但我的视线常常拐弯和跳跃，带着一种不可控制的神经质。

有时我问母亲，弟弟是为保护我才与人打架，他也只是伤了那人眼角，而父亲的那顿藤条伤了弟弟后背，令他许多天都只能趴着睡觉，父亲究竟为什么？母亲却什么都没有说，只是眼神穿过我，看着房间的墙壁。我觉得大旅舍安静起来，除了住客的咳嗽和交谈声，似乎能听到另一些细微的声音，那些声音和住客弄出的动静处在不同声阶，同时存在却又相对分明。

我躺在床上时会想象，当我闭上眼睛，墙壁里走出店小二和拉二胡的人，店小二一直用搭在肩上的毛巾擦汗，拉二胡的走过去与他耳语，二胡的琴弓抵着店小二的肚子。我知道当我睁开眼睛他们会消失，但我的眼皮能透视，那把琴弓像伞撑有尖头，几秒钟后就会刺进店小二的肚子。而弟弟有足够的时间，坐在他的房间剥蟒皮，把大鳞片的蟒皮蒙在木制琴筒上。

也许是传染了弟弟的意识，我开始极尽想象，并且跃跃欲试。一般人无法懂得那种欲望，如果遇到一根竹子，你就想把它从中剖开；遇到一个可口的孩子，你想试试咬他；遇到一只流浪猫，我不会阻止弟弟用老虎钳掀它的爪子。但我也努力克制。你知道有些行为不符合女孩温柔的心，你就得把意识藏起来。

弟弟的梦游症日渐严重。夜晚的大旅舍属于他一个人。他在四层楼上下游走，轻微的脚步声似半夜的出租车司机，经过僻静的公路所见的背影，他自己的呼吸声都比背影的脚步声更重。弟弟半睁着眼睛，单眼皮成了一条线，凑到近前能看到眯缝中的眼珠，但它们似乎不会动。他在黑暗的走廊穿行，仿佛带有诗意般地滑行，你觉得他的脚下是大块大块的冰，冒着寒气的一缕缕烟哟，你认定那些青烟是存在的，所置的场景超过了真实。

心里有座钟摆，它就那样“嗒嗒嗒”移动，总是朝着顺时针行走，如果巧遇超过真实的场景，指针会突然逆时针移回到 12 点，在 12 的刻度上回弹摇摆。我期待把这个想法告诉弟弟，但他忙于学习和期末备考，自觉程度超过了我的理解。来年夏天，我将考上北方的大学，去领略把脸干燥脱皮的气候，离开弟弟为伴的大旅舍。

弟弟在月光中推开木窗，双手撑在窗台，腿往上缩准备爬到窗台上。母亲焦虑地看着，她害怕惊醒弟弟，又怕他不小心摔出去，腿一直随着心情前前后后。父亲抓着母亲的胳膊，感受着她细微的动作。而我倚着木门，看着他们像一个人记忆中回闪的慢动作，不停倒带行进，倒带行进。弟弟已经侧坐在窗台上，他半睁的眼睛盯着夜色中的某处，也许他想跳到马路旁种的法国梧桐树上，他像目测距离一样沉思。冬日冷风吹拂弟弟的短发，他穿着一套棉内衣丝毫不感到冷，而我们仨不时紧紧披着的外套。

弟弟背朝我们开始蹲在窗台上，身子往前倾，仿佛顷刻会飞跃出去。母亲不顾一切地冲向前抱住他的腰，父亲慢半拍地把他往下拽。弟弟在大力的干预下醒来，没反应过来似的瞪着双眼，但看上去他没被眼前的状况吓着，很安静地从父母拽着的动作中脱离，慢慢走回他的床躺下。我靠在我们共用的那扇木门，想说句缓解气氛的话，脑子里却不断闪现梦游者切西瓜的场景。

情人眼

“听起来你弟弟起初是个残忍的小孩，为什么被你们的父亲鞭打后，那么快就转性了呢？这不太符合推理。男孩子面对父亲的一顿毒打，是不会造成那么大心理阴影的。”

梁若靠着堆高的枕头，右腿跷在左腿上，含笑地望着我。

他很棒。但他有妻子，这让我不断提醒自己。我恍惚地想着他的热情和体贴，在讲弟弟的故事之前，白色被子里还有我们的余温，但现在只有他一个人的凹陷。

他很享受我们的关系，尽管时常恨不得变成奴隶被我带走。

“很多事人们喜欢在生活中找诱因，可不是每件事都解释得清楚的。”

我喜欢他的手指，纤细灵巧，能勾出女人心底的音符。但此刻我更留恋他的肚子，微凸着像一枚富有弹性的枕头。枕在他的肚子上，世界只剩一张床。

他在朝我招手。即使他在身边，我依然习惯对他视而不见，而只对他的身体局部产生认知。我每天站在窗前只能看到树枝，我想眺望远方会看到山的轮廓，没有认真记住山和树。他在朝我招手。曾经我很自尊地站在原地，我说你有妻子，他依然展现着撩拨的姿势，没办法，理智有时就是混蛋的帮凶。

我走过去侧躺在他身边，如果他想再来一次，他可以撩起我的裙子，把我的身子弓起来，他会抵到我心痒难耐的部分。但是我不想让他再来一次。我转过身面对着他，想看清那张脸，他的五官叫人难以记住。

"我还没有讲完弟弟的故事。"

我摸了一把他的脸，感到一股汗湿又干爽后的粗糙感。

"他后来肯定也考上了一个不错的大学，你说过他变得读书很自觉。"

他语速很快地说，想凑过来亲吻我。我把脑袋往后仰了一下。

"他考上了上海交大，大三那年秋天父亲病逝后，我毕业回家陪着母亲，弟弟寒假回大旅舍过年。因为大旅舍已经承包给神秘气质的隔壁男人，他的台胞叔叔出资，要把大旅舍整修成一流的练歌房……"

"我也没觉得那个男人有多神秘，反正就你的叙述来说，不过是个平常的混混。”

梁若用嘴巴打断我，同时他的手抚摸我的腹部，让我多少有些气流不顺。

“有些人的神秘不在于他多深沉，或做过什么让人不能理解的事，他的神秘在于他会不断出现在你生活中，对你的生命产生影响。也许你当时没有觉察，但许多年后突然会明白，许多不可逆转的事情全因那个人。”

“你这不过是一种迁怒式的转移论，迫使自己从其他角度接受不能接受的事情。那么你不能接受的事情是什么？”

他问到重点了。可是我不想揭秘。我不能把自己当廉价商品抛给一个人后，还负责售后服务般的解释工作。我理解婚外恋的平衡杆，但我依然常常怒气冲冲。

“我接不接受，没有一件事可以从头再来。”

我的怒气就像破坏的意识一样冒头了。

但他总有温柔的指法令我软化。

“如果弟弟寒假留在学校，所有的事情就不会发生了。但是父亲去世，大旅舍整修前我们要搬家，还有我整日陪着母亲前途堪忧，弟弟不能不踏上归途。”

我吁出一口稍显淫荡的呻吟，等着梁若问后来的事。

“你弟弟回家后发生了什么？”

梁若在我内裤边缘摩挲，低头问出了我想要他问的话。

“神秘男人给弟弟介绍了一个女朋友，她非要看看 60 年代的大旅舍，弟弟只好带着她和她的两个男孩朋友，打开空房间由他们参观。除了县城上来以往住过这里的人，已经没有人再来住大旅舍，更多人喜欢新建的宾馆，设施齐全而不会咳嗽一声都担心墙灰掉落，也不会半夜醒来呆呆望着墙壁裸露的红砖。女孩似乎很兴奋，不停和她的两个男孩朋友讨论，不时也冲弟弟妩媚地抛笑脸，这些是碰见他们的楼层服务员证实的。他们后来进到一间房，呆到楼层服务员忘记他们的存在。冬天的夜晚伴着大风很快来临。半夜女孩急促的尖叫吵醒了整栋楼，然后是房门撞在墙上的声音，再然后是一阵辨不清的响动，后面就只有凌乱的脚步声跑着下楼。我躺在温暖的被子里醒来，全身感到疲惫，而母亲在隔壁房敲着墙壁，颜陌颜陌地喊我。我陪母亲从楼梯走下三楼时，刚好听到三楼服务员的尖叫声。你知道，这个房子里充斥着乱糟糟的尖叫，我们对尖叫声都不那么敏感了。弟弟靠在 312 的门框上，脚边卧倒着一个女孩，一大摊血向走廊流着，一把尖利的水果刀落在血泊里。我和母亲坚持走到了弟弟身边，我伸手想去拉他，母亲盯着地上的女孩。房间的灯光让我们看清女孩后背扎烂的棉衣，少说也被扎了七八刀，母亲晕了过去。”

“你弟弟为什么要杀女孩？”

我感觉梁若的手心有汗，因为罩着我的肚脐眼，我觉得他堵着了我的气眼。

“不知道。从事件发生后到判刑，他始终什么都不想说，母亲请了全城最好的律师为他辩护，但他对那晚的事什么都不记得了，律师想了很多招保住了他的命，弟弟被判了二十年。警察曾找到那两个男孩了解，他们是不是在房间嗑了药，致使弟弟神志不清，对发生的事情没有记忆，但男孩们一口咬定他们什么都没做，只在房间里看电视聊天吃水果。弟弟的血液检查也显示没有吸食过毒品。我和母亲每天焦虑地打探消息，生怕遗漏掉任何对弟弟有利的线索，但除了落空增加的痛苦感，我们什么都没有等来。”

“你们家族里有没有隐秘的精神病史？”

“不知道。也许有吧。谁知道呢。”

“你弟弟会不会是在梦游的状况下杀了那个女孩？”

“我私下也找过那两个男孩，我想了解更多细节。他们也许受过父母警告，什么都不肯和我说。当时我真想拿把铁锹砸碎他们的脑袋。”

我把“砸碎”特意突显出来。梁若似乎怔了怔。他的手安分地罩着我的肚脐眼，听我说弟弟的案情，而我因气眼被堵全身燥热，血液里有股冲动在冲撞。

“你知道我会怎样砸碎他们的脑袋吗？我会一个个诱骗

他们，选一个风景优美的地方，可怜巴巴地请求被带来的小伙子，和我一起挖洞为弟弟种一棵苹果树。当他刨土的时候，我会用铁锹不停砸他的脑袋，直到骨头和脑浆一团糟……”

“颜陌，我知道你为弟弟的事很伤心，可你这是怎么了？”

梁若发慌地看着我的眼睛，他眼里有担心，我明白他爱我。我垂下眼睑，这样他就只能看见我黑黑的头发。他喜欢用指头拨弄我的长发，在那些汗湿的时间，我的脸在他的注视下会发光。

“我说过也许弟弟的意识传染给了我。特别是在他宣判后的第三十二天，就把自己弄死在了监狱里。我们血液相连，他所丢失的一切都会藏在我身体里，我活着就会替他保存他活着的痕迹。”

破坏欲

有些诉说看起来无足轻重，但谁知道哪句话、哪个环节像酶一样，带来意识以外更多的东西。梁若的小动作越来越少。从前他会使我心痒，现在他给我不甘。可弟弟慢慢显现出来时，一切已在行进之列。纵然我是始端，后来只会成为被遗弃的始点，事物有时它像列车进站，鸣着长笛按着秩序，有时它却像草原放风筝的人，满眼的绿和天空。

我多想他是苍松下弹奏古琴的人。我站在画面的角落。

可是他走过来，看起来就要无限接近我。谁又不会为那种接近遐想?

一个平常的夜晚，空气里都是城市的味道，灯火温暖。挽起一个人的胳膊，与人群冲撞却没有分开，一个共同的方向，令两个人愉快而安宁。他谈话的腔调里都是喜悦。他因你眼睛里看到的不再是乞丐、残疾、传销、哭泣，那些局促的人和促狭的事。你们停步，世界就静止下来。你们踱步，水波就晃动起来。

梁若却没有指向。这真让人懊恼。当我开始述说弟弟，他顽皮时的衣服褶皱在脑海中，他躺倒在地上发懒的样子，他砍杀球蟒时眼神的专注，他点燃猴子尾巴的孤独感……他有点真实得过分了，在我的生活里进进出出。

可我一向没有重视过亲情，才会不理父母的恳求，在这个城市结婚又离婚，然后遇见梁若。但当我讲述故事的时候，我生出希望这个故事足够真实，我会有一个相隔一岁的弟弟，彼此嘲笑穿开裆裤的呆萌期，他会保护我，不让男人轻薄于我；他可能比一般人残忍，坚持令人惊吓的喜好，但我爱他。可我如何爱他，他最后会离开，不是离乡背井，就是走出轨道。

就像梁若最后会离开。所有的空旷只是遐想。他走在城市里，他有坚定或疑虑，他因迎面撞过来的人而满怀，他也会推开一点去看清对方的模样。

这正是我想要的结果。他推开一点所看到的我。

说说杜撰的大旅舍吧，它来自我记忆中的一篇报道，大意是说：

“2000 年 8 月 23 日，白萍区前进大旅舍老板刘某因赌博彻夜未归，其妻四处寻人未果，抱起突发腹部绞痛的儿子往四楼窗口扔下去，儿子惨叫一声当场死亡。随后她又从床上抱起惊醒的孪生女儿，女儿抓住窗框大喊大叫，但依然被其母亲撬开手指扔了下去。正值刘某奋战一夜归家，楼前围着一堆等待派出所出警的人，人人都用看鬼的眼神盯着他。他莫名其妙地从楼道往里走，打开房门时看见妻子坐在椅子上大笑，他狐疑地走到窗前往下看人们围观什么，他的妻子迅猛地抱住他的双腿把他推了下去，然后大笑着爬到窗台上跳了下去。因前进大旅舍承包老板刘某家破人亡，聘请的工作人员自动解散，一段时期无人敢进入大旅舍，每晚只能听到野猫和老建筑自身的动静。”

寂寂无声

风呼啸刮过竹林。她听见他在靠近，踩着碎石子和枯叶。风把汗湿贴在额前的刘海拂向脑后，她抬手用手指抓散刘海时，他从身后环住她。春天的黄江源连绵葱茏。他们站在半山腰一块凸出的岩石上，她错过拒绝他的时机。

三个月前，他们走到阴影堆积的岔道口，微弱的光里他抓住她的手，他说必须牵住她。迎面走来一些男女，她在黑暗中看不清，却不想令他难堪。他的手心很湿，除此她平静地走在身后，然后把手掌缩紧，慢慢从他手中脱离，笑着去整理头发。但是他们走上湖中小路时，她拖沓的步伐绊着脚后跟，左脚过长的敞口鞋飞了出去，听见扑通一声像是掉进湖水。她右脚支撑身体，左脚无措地悬着。他仰起脸哈哈大笑起来。她抬头看着高耸的水杉树。

他搂过她的肩，把她扶到路边的石椅坐下，开始挽裤腿。走过的人漫不经心瞟他们一眼。他往护坡下水时，有人聚集过来围观。他站在湖水边缘，扭头判断着鞋掉落的位置。

“你要捞什么？”人们在岸上问他。

“捞荷花。”他弯腰在水中摸着。

“瞎说。这哪儿有荷花？”有个尖利的女声指出他的编造。

“那就捞戒指。”他抬头看见她坐在石椅上，右手搭在额前。他忍不住笑着和人调侃。

她把左脚缩了缩，踩在右脚背上，藏进长裙子。看着水已浸到他的大腿，她总觉得他可能会被草鱼蛇咬住小腿，然后四仰八叉倒进湖水。或者他移动步子时，不小心踩进水底很深的洞里，他会滑落下去，人们都来不及拉住他。她的身体就像点着的火炉，腾得异常闷热，而呼吸又像被水窒息。

“别找了。”她听见自己的声音在空旷中消散。

“那你想要我抱着你走吗？”他嬉皮笑脸地冲她喊。

围拢的人向她看来。她俯下身把脸埋在膝盖上。她焦躁的心里非常痒，就像躺在小白床上，被磁共振仪器的噪声弄得失控，全身的烦躁禁闭在前胸。封在手臂中的脸湿热，汗浸湿裙子一团。痒和焦灼，把嗓子眼堵得失声。

哥哥站在水中央正为她摘荷花，一条巨大的水蟒跃出水面，一下咬住哥哥的肩膀把他拉入水底。傍晚的蛙声又恢复了鼓噪，大片的荷叶相连，荷花摇曳，水鸟突然飞出。她站在水塘边哭起来，声音由细微到响亮，路过的人都停下来问她。很快身边站满了人，她说哥哥被水蟒拖进水里，但是没有人相信她，有人脱下外衣裤去捞人，什么都没捞上。

“你这个小孩子骗人。”人们愤怒地责备她。

她的马尾松散，发梢贴在嘴角，哭着一直摇头说：“我没有。我没有……”

“这里又不是亚马孙，怎么可能有那么大的水蟒，何况是这样的浅水塘。”

人们议论着走开。只剩几个妇女问她住哪，想要把她领回去。她倔强地站着，双手垂立，望着哥哥消失的水中央。来时她还抱着哥哥的腿，他的手搭在她的后脑勺，她走不动时他还抱了她一段，路过玉兰花树下特意举起她，采摘了两枝玉兰花。

她和哥哥的小游戏，是哥哥把手臂打开伸直，然后她像攀爬树干一样，顺着哥哥的腿和腰，吊上手臂和脖子，像爬到一棵树身上。父母把她锁在二楼的房间时，哥哥常常把外套脱下来，裹上一大包苍耳子，爬到街道边的香樟树上，从木窗外用苍耳子扔她。她跪在窗台前的书桌上，有时苍耳子打着脸，一股刺痛。但是她能忍，她把扔进木窗的苍耳子都收集在桌上，等到哥哥去撕扯粘在外套里仅剩的苍耳子，她一把把从木窗扔出去。哥哥落荒而逃，从树干刺溜滑下去。

他们的游戏总和树相关。

哥哥失踪后，她常常坐在窗台上，把腿吊在木窗外，她希望能一跃跳到对面的树上，把所有的苍耳子从哥哥头上撒下去，哥哥就会变成绿怪人，吓跑所有的猛兽。

而想到有关树，脑海总浮现两棵相邻的大树，她和哥哥是每棵树下的巨蛋，他们死去后会被蜷缩埋葬，在坟上种下的树吸取身体的养分，最后他们融合成树的一部分。

“鞋太湿了，待会再穿。”她抬起头，看见他正对她说话，躬身把鞋放在她脚边，坐到右手边看着她。她把脑海中的哥哥挥去，感觉一股湿气升腾。他赤着脚，裤腿湿答答的。

“走吧，会着凉的。”她把左脚套进鞋，湿凉湿凉。

她站起身走时，他把手搭在了她的肩上。她想躲开找不到理由。后来他的手落在了她的腰肢。他的手湿热。人流从他们身旁穿过去。黑夜缓慢而流动。她似盲目的石头，除了僵硬别无他长。

“你觉得这样合适吗?”她问。

路灯的光晕洇开，一个个模糊的光影。

他放开她，让她穿着一只过长的湿鞋，踢踏走在路上，旁边是他顺着裤腿滑落的水迹。

他在身后环住她。远处天空微蓝，白云在山体间移动，对面山中的瀑布弯曲泻下。竹海起伏荡漾，翻动着翠绿的波光。他的脸湿热，贴在她的耳鬓，就像古人说的耳鬓厮磨。她却感到积聚的陌生。

“你看四周起伏的竹林，是不是像《卧虎藏龙》里的场景？”她盯着被风刮动摇摆的竹林问他。

“这里的景色很人文。”他散漫地说。

他们站在凸出的岩石上，几步可以跨下山崖。他的手从背后穿过她的腰，贴着她的腹部，整个人都像笼在他的怀抱里。她有一种溺湿的感觉。她把他的手挪开，拉他坐在岩石平坦的地方。

“明明知道武侠电影里的飞跃都是假的，可是依然养眼，依然喜欢看演员们穿着长袍和短打，绸缎的衣裳带着风，站在细弱的竹子枝头随风摇晃。”她向身后靠去，靠在他的背上，看着天空的白云浮动。

他弯着身子在拔身边的草。

“‘我一度进入了一种很深的寂静，我的周围只有光。’我很喜欢这句台词。”

“嗯。”他简短地应她。

她觉得处在自然中，内心有种柔软，令她变得温顺和装腔作势。山中没有信号，他们仿佛与世隔绝，只有水声、鸟声和葱郁的植物。

他转过身来再次抱住她。再尝试躲开，他还会再抱住她，那又何必挣扎。她心里对自己说。如果不是一个特定的人，在人前谁都无法放松自己，像女人的骨感，手抚摸感到生生的梗。

他们中午搭乘游客的越野车进入黄江源，这里偶有探险者徒步和露营。前几年香港老板投资，修建了进山的公路，邀请了一些各地热衷自驾的朋友，摄影爱好者广泛推广。但黄江源旅游开发一直没有大的动作，香港老板想做水上漂流项目，而这里地势凶险，与当地政府要交涉方方面面。虽然漂流开发搁浅，自驾和探险却偶有慕名来者。

他们和村支书联系好借宿，和支书一起采了野芹菜。徒步走了近三个小时，他们才走到这里，说是半山腰，抬头看不过高度的三分之一。所幸路面虽窄，但环绕着山已修整过，一边是突出的岩石，一边是摔下去不知滚落哪里的悬崖。今年春夏雨水较多，五月的天气并不炎热，有些路面还淌着水，表面都是湿泥。刚开始上山的时候，路两边都种着竹子，竹叶遮盖下来，在转弯时形成一个不知通往哪里的雾洞。也许钻进洞后黑暗阴沉，也许转入豁然开阔之地，而那些雾足够吸引涉险之人。遇到溪涧，他说背她过去，她坚持要自己走。他搬动水底的石块，把石块垫高让她踩过去。

在山中，他们有时谈笑，有时一路无话，她跟在身后，时而并肩，似乎踩着共同的步调，单调却又脱离机械的生冷。停下来时，虽有溪水和鸟鸣，依然感到静寂能让针显露跌落的声音。有一段路他们故意喊着说话，声音在山里碰来撞去。

“小时候我总想把手指放进转动的电风扇，站在阳台就想翻越出去，还会想象电梯失灵后的坠落感，至于坐飞机，就老想着坠机前遗书上写什么。”

他的脸很近，近到能看清岁月的毛孔和坚毅，那么令人冲动想一把推开他又不忍。她把头靠在他的肩膀，倾斜地看着眼及最远处。霞光从天边赶来。

“每个人都会想象去做被禁止的事，因为危险，想想就热血沸腾，反而充满魅力。否则也不会有那么多人热衷极限运动。”他捏起她的下巴说。

她把脸撇开，“如果生命只剩活着，还不如山中的植物体味更多”。想起婆婆因为不能忍受邻居的追问，闹腾她生个孩子封住别人的口，她不想活着变成一如既往的事。她后来摊牌说那就劝她儿子离婚吧。你不能抱着违背人性的期望，她一直这样警醒自己，然后要让看重的人舒展人性。

一个月前他们见面，房间狭小令她局促，他也有些心不在焉。她跪在会客椅上望着窗外，慢慢被清朗的光线吸引。楼下庭院里玉兰树开着白花，一些鸟雀在树间飞跃。扫地的人懒散地扫着落叶，节奏迟缓但声音清透，有种雨后清晨的明晰感。他教她分辨斑鸠、喜鹊和乌鸦。那些过耳即忘的常识，她从来没有长过记性。而一切明确，令她感到轻松。那就像童年时光，他是她槐树上的哥哥，他们靠在树杈上，看着远方等待起风。

他有一双筋脉鼓胀的手，自然垂放在会客椅扶手上。那双手也许爱抚过许多女性，她却从不轻信谣言。除了刻板严厉的家伙，谁把握得住暗处的推力，人们总会走得东倒西歪。

分离时她站在写字台前，她看见他起身看着她。她问他："你是想抱抱我吗？"

他讪讪地笑。

她迎着他走过去。他紧拥着她，令她感到窒息，陌生让她感到惶然。但是她掌握了时间。她知道念起不能遏制的道理。她希望自己能尊重他的人性和情感，因为拥抱过所以知道拥抱是什么样子，他会在时光中消解他们关系中的局促。

"我希望人与人相处是自然的，不必有压抑。"言下之意他想抱她，她可以短暂让他拥抱，但拥抱过后呢？他并不知道她在想些什么。她从他的怀抱中起身，跨前一步走到更接近悬崖的地方，望着渐弱的霞光。他不知道她那句话是鼓舞，还是另有深意。

她翻出手机查看时间，想着该要下山了，下山前她想对他说明白。

“我不知道该怎样和你说。”她咬着嘴唇说。

“那就别说了。”他心里隐隐有不好的预感。

“可是我不习惯暧昧不明的事物。”她不敢与人对视，因为害怕所有活物转瞬即逝的变化。

“也许你并不自知自己的情感。”他把手插进裤袋里，眺望远处微弱光线里的瀑布。

“不，我一直明确。”说下去感到艰难，她停顿下来。

寂静和风声流转。

“在这世上，你是我愿意与之消磨时间的人。但我有精神和身体洁癖，如何亲近与人都是有距离的。”她心里想，这世上没有几个人知道你在说什么，你愿意为他坦诚，重视你们平等的相处。

“我知道。”但是他走过去，像要打破她的固执。

她的心像傍晚的一株植物，平常而寂静。

“不会有结果的。”她无奈地说。

“不要什么结果，只要一直这样就好了。”他用力箍紧她。

她的女性自尊突然爆发了。她会成为一道甜点，还是黑暗中的一抹光彩，只为照亮他晦暗的生活？她心里鄙夷地想，男人总以为爱情就是门贴，想到就做了，不能承担结果时拍拍屁股后的灰，把说过的话像咳出的痰一样咽回去。她感到无由的愤怒。

他捧着她的脸，低头亲吻过来。她的愤怒在蔓延。她鲜少展露女性的柔软，她希望成为独立的个人，而不仅仅是包裹的女性皮囊。她多么希望成为一条清澈的河，他是迎向春天田野的人，可以陪伴他的脚步到她的尽头。他的唇碰着她的唇。他想要把她从独立的个人，变成温热的女性。他需要手指划过肌肤的触感，需要更为温热的贴近。而她心里，只有那些亲密关系中的鸡毛，飞飞洒洒被时间装进空瘪的布袋。

他的唇在试探，带着突然而至的湿滑，像雨中的压路机碾过她的心。他的双臂有力，被箍紧的身体有种断裂的感受。她蓦然悲哀，忽然就回应了他的吻，听着他怦怦的心跳，心底的破坏欲一点点膨胀。对一个男人陌生的恐惧升腾，她觉得她的皮囊在分离。他们熟悉，他能触摸到她心底的苔藓、暗影，但身体的私密性，在尝试过才发现，那是另外的逻辑和遥远。

“这是你想要的吗？”她看着他的眼睛问。

他的眼迷离。也许他以为他在品尝她的甜，而她却在舞台上自言自语。她踮着脚够他。他们背靠着岩石亲吻。你会想要故意去打破一些界限，因为不知道将被带往哪里。她对自己说，如果只剩彼此羞辱，那就把所有美好都破坏掉。他们慢慢滑落地上，她赌气翻身坐到他的腿上，迎合他的心跳和摸索。他的手从她的裙子探入，顺着大腿摸索到臀部。那是男人的热情和温度，那该是令她有心跳的吧。她却觉得自己的肌肤是死的，它有一股冷霜，而且有咬牙切齿的憎恶。那种凭空对自己的憎恶，让她的感受力被冻僵。他的热情积聚，他的脸上有细密的汗水，她觉得他的脸就要被热情融化掉。因为不是那个人，她感到被冒犯。那双手在挤压她的欲念，她甚至希望能扑闪小火苗，让装腔作势变得圆满。她试着想要去摩挲他的颈窝，哪怕是肩和后背，她伸不出手。她只能在低处煽风点火，然后有理由把眼前的人从生活隔离掉。

她喜欢那些剧烈的斩断方式。就像她喜欢站在高处不断往悬崖下看。

此刻虫鸣鸟叫都静止了，她被套进一个气球里，旁边都是观望的眼睛。他们扎破它，她就会像《聊斋》中的精怪乘着烟消失。但是时间漫长，他们还在围观她。

她怀着对自己的憎恶挣脱他，月光里整理揉乱松散的头发。哥哥喜欢把她抱到窗台上，他们坐着腿吊在外面，各自半靠着打开的木窗棂，他们玩谁先忍不住说话的游戏。哥哥喜欢做鬼脸，面露凶光，她常常猜疑地看着他的脸，惊愕地发出声来。也许她是那时养成从高处往下看的习惯，她老觉得楼下有什么鬼怪，从窗台底下突然钻进哥哥身体，然后令哥哥变成另外的人。但有月亮的晚上，哥哥喜欢执刻有卷草纹的木梳，为她梳理嬉闹摇散的头发。

她喜欢和哥哥一起烧蜡纸的时光。他们从父亲办公室拣出制版废弃的油纸，在纸上滴一些蜡油，堆在楼梯间燃烧。有火光就会有光影，而人脸在火光下显得模糊而遥远。他们从楼梯间，视线穿过火光和水泥格花，从一个个小花格孔洞里，张望着对面的屋顶。一些盘旋的鸽子闪进闪出。

若一直能处在想象中，就不会如此剑拔弩张。上山时他们遇见一簇簇的茅莓，他采摘了一把红果递给她，果实酸酸甜甜，有一种自然的清香。当时她觉得眼前的人多么亲近。当他们真的靠近，她反而感到一种荒芜，就像寂静的山林只剩她独自跋涉。山林纵然蹿出猛虎，她不过是为足口腹，这世间的薄地犹如蜻蜓翅膀，不小心就会捏碎。

因为害怕日常压得过重，会渐渐丧失抬头仰望的姿势，她首先放弃了生育权。然后与丈夫的亲昵变成一种本性和取暖。干净的身体是献给对方的礼物，因为它涵盖你的柔软、敏感、战栗、孤独和喜悦，它是隐秘和开放的感受。所以她会在醒来，偶尔抱着丈夫的脚后跟。凉席微凉，茶叶枕头散发淡淡的香气，窗外即将迎来烈日，日常呈现一种朴素的美。就像丈夫常常在她洗澡时，蹲在盥洗室门口与她谈话。她在淋浴房中感觉水和他都很亲切。没有叠加的理由在他们之间，她想，这是一种情感的松散度。

山风变得凉爽，仿佛一切沉落实处，自然界的生物回到原本的位置。她被山林中的阴影和聒噪迷住。有些相对的事物让人同时感受到两极，正如她感受到空寂的辽阔，又感受到物界的触手可及。她感觉身体正被对方的热情包裹，但内心恐慌，违背环境的融合感。他们本该是《清明上河图》中的书童，但站在高高的梯子上成为杂耍。梯子那样高，几乎高出建筑和正常视线。她突然对自己很生气，因为着急脱离，她向后退开他的怀抱。两个人的暖度变成凉风穿袭。

“对不起，我想静一静。”

他们的情形，就像处在楼房的平台，两个人下楼时，发现楼梯破损严重，除了扶手看似坚固，许多踏步都已悬空，靠着一些支出的钢筋连接，也许一脚会踩空，所以要谨慎和集中精力。她能听见他手掌缩回发出的摩擦声。至于他的心跳，在万物中那样突出和被忽略。

她简直不敢让内心严肃的小人站在对面，同时还包括坦诚、善意、温和的小人。你的脸上刺着厌倦和破坏，故意不遮盖，她懊恼自己。她想吓唬谁，把那些从地洞伸出头的小人又打回去。他们站在靠近悬崖的岩石边，几平米内像一个坚硬的玻璃罩，她急于要融入有月亮和群山，也有呼吸的地方。

“欸……”他想制止，又放弃了拦住她的想法。

“我需要一点时间。”她回头对他说，望着悬崖上空的月亮。

他不知道是什么滋味，感到紧张后的松弛，和莫名又插不进的担忧，也有一些甜蜜。衣服汗湿后被风吹拂。他看着她的背影往上山的路走去。他觉得有些东西是突然发生的，他没有奢望那么多，内心的跃跃欲试却不断冒头。但她突然打断了，带着一点小粗暴，不容置疑也没有解释。

而走夜路的她像个瞎子，月光才是她的指引，但仿佛是用嗅觉嗅的，她一路嗅着月光前行，对山中的动静充耳不闻。有时候你是机械的，不能永远保持头脑清醒，把所有事物过滤澄净，她掐着胳膊想，你是打算失去他吗？唯恐不能把水搅浑，让他无法在一片水域中看见倒影。

她跌跌撞撞踩着一些花，碰倒一些幼弱草木，惊起藏身其中的小动物。走到山涧流水积成小水潭的地方，有些湿滑和水汽弥漫，匆匆逃走的都像黑斑石蛙，逃回它们的洞穴，在不远处“咽咽”叫着。

哥哥就像一只冬眠的石蛙，他会从记忆深处苏醒，赶来陪伴她。他会做丑陋而凶恶的鬼脸，对他人不似善类，而且诋毁她的诚实。她太多次因他在父母面前辩白，希望他们帮她找回哥哥。他在水中央失踪了，在一塘粉色的荷花之中，那条水蟒无数次侵入她的梦魇。但只有关禁闭般的小黑屋，以此惩罚她撒谎和不着边际的臆想。但哥哥出现了，潜入封闭的茶水间，陪她折纸动物和翻毛线绳，给她梳理松散的头发。有时他走在墙上，她跟着他的步子在地板上走，他们便形成了移动的九十度角。如果他倒垂走在天花板上，她跳跃着想用头去撞哥哥的头。

她脚下踉跄，身子摔倒，失重往山崖下滚去。她意识到还好头朝上，然后猛然惊醒，一路揪着可以抓在手里的草木，减缓了坠落速度。她感到左脚底有可抵的东西，立刻用力扯紧左手抓住的树枝，右手扣紧五指抠住的石头。她想一定不能喊叫，深呼吸后，用悬着的右脚往左脚踩住的地方试探，脚下有弹性并且听见树叶摩擦的声音，因为往下弹她的脚打滑，险些踩不住要坠下去。她借着几乎被遮挡的月光仰头看，她的左手抓着一簇杂树，如果不是脚下有抵挡物根本抓不住，而从身体悬吊的倾斜度想象，接近脚底的地方是凸出去的石头，她踩住的是旁边伸展过来的粗树枝。

裙子被树枝挂住撒开，阻挡了往下的视线。她不敢尝试低头看，用余光感觉脚底两三步远是棵不算瘦弱的树，可能是从石缝长出去的，树桩处也许可以踩脚。她只要移过去。她给自己鼓劲，然后想怎样让震动最小，不至于脚底踩不住而坠下去。如果身子往左边移动，左手的树枝长度尚可挪动，但右手必须抓住得力的地方，再试探着把脚往左移。她不敢冒险两只手都抓住那簇杂树，但不行动她这样根本坚持不了多久。

“周静若……周静若……”他的声音搅乱夜色，带着慌张的战栗。

他没有拦住她，站在悬崖边吹了会凉风，调整心情沿山路往上找她。他听见石蛙在不远处鸣叫，还有山谷惊出的鸟雀相互呼应，然后有什么撞击和滚落的声音。他的心抽紧，手脚冰凉地快步往前跑去。他站在声音大致传出的地方，大声喊她的名字。

没有回应。山谷这样幽静。

她关闭所听之声。她要自救，首先需要冒险。她把右手快速松开，用指头抠紧左边的岩石缝，身体往左倾斜，左脚慢慢挪移，然后是右脚，直到感觉脚底比较稳固，又用脚尖四周探了探，呼出一口气，双手分次抓紧胸前的另一簇杂树，缓解了身体吊起来的难受感觉，然后向裙子口袋摸了一把，手机在滚落时摔出去了。树桩从岩石缝伸展出去，像一个横倒的树杈，她踩在上面不敢放松警惕，预防再次滚落直到崖底。

她留心听着上面的动静。他已经停止喊叫，开始在路边寻找她滑落的痕迹。脚下踢到一些松散的石块，碎石往山崖下滚去。他没有听见她所属重量继续滚落的声音，甚至没有听到她呼喊一声，他强烈相信发生了什么，她或许被树丛卡住。然后他意识到滚落的石头可能伤着她，脚下变得小心翼翼。他找到一丛荆条倒伏，还有新鲜细枝被折断的地方，趴在地上伸出头，向崖下喊道："静若别怕，我会救你的！"

她听见他的声音在回荡，几只夜鸟从头顶飞出。她想她是沉默，还是回答他？现在她能闻到周边馥郁的草木香气。这里有多少植物画册上记住的名字，身处之中却无法辨认。她曾渴望做一棵孤立的树，生长于僻静之地，甚至没有名字，承欢雨露，随风摇摆和弯折。

"我能撑着，别做不理智的事，等天亮再找人救我。"她不希望他在夜色里莽撞地下山。

"静若，你落在哪里？"他听见她的回话，趴得更低，头伸出去，寻找她的声音。

"一棵树挡住了我，我可以坐在树杈上休息，还可以等天亮看太阳徐徐升起。”她尽量说得缓慢诗意，分次抖了抖发麻的腿。

“那就好。”他的声音安定了些，“静若你抓好周边的树枝，千万别犯困。”

他半撑起身体，从裤口袋掏出手机，快速拨打紧急救援电话。但电话拨不出去。土块和枝叶梗着身体，他觉得手在颤抖，赶忙收回手机，害怕不小心跌落下去。现在他担心的事情太多了。

“静若，我清楚你有多知道要什么，而我终究情难自禁。如果你不喜欢，千万别让自己难受，我再也不会了。”他突然说出来。

她只有沉默。也许时间能消解掉突兀的颗粒感，让生活得以恢复到寂声滑动。她经历过那么多，一旦时间过去，都如被缝补的渔网，她网上鱼漏下沙，有时只有水草纠缠。

也许他还想说什么，大风让树木和竹林剧烈起伏，月亮被云雾遮住光芒，几颗星星也在闪躲，大风灌进了他的嘴。而她不得不谨慎抓紧树枝，脚下使力站稳，凉风让身体收紧，裸露挂伤的皮肤渗着疼痛，滚落下来时大腿碰到不少石块，此刻疼痛一团团发作。

他想马上下山去找村民，来回接近六个小时，如果借到摩托车走一段，可以节省些时间。如果下山一段路后手机恢复信号，他能更快报警找来搜救队伍。但是把她丢在大风和夜色之中，还不知道她落在何处，他感到难以离开。可不趁早下山找人帮忙，天亮后天气若不好，没有伐木的村民上山，他如何救她？

“静若，下山需要时间，我必须早点出发去找人来。我知道你一直很坚强，独自面对过那么多困难，所以这次你一定要坚持住，等我回来。”他一边放倒草木做标记，一边鼓舞地对她说。

她一定劝不住他，除了沉默只会增加他的担忧。

风中断断续续传来叶笛声，郑钧的《灰姑娘》，他想让她听到他的声音。而这声音终究会中断，剩下群山和高峰。还有那些见微的蚕食。记忆里哥哥曾坐在窗台上，轻哼着这支歌，偶尔兴起刮她塌塌的鼻梁。

她曾在一本小说中读到：枯败的芦苇之间水面结了冰，月夜中大批野鸭循着诱鸟笛声飞至，打猎的人不用怎么瞄准，扣动扳机射出爆开如焰火般的子弹，野鸭一只只张着翅膀跌落下来，刮断荆丛的叶子。拂晓前天光惨淡，平底小船起了锚。

她曾一度设想和哥哥在林中打猎，也是这样天色暗将下来，偶有大风似把人都要抛到空中。他们隐藏在树丛后面，她总是忍不住探出头观望，而哥哥老是把手指放在唇边嘘声。然后大群的鸟黑压压飞过来，它们在林间撞着树干飞远。野兔和狍子小心又狡猾地一溜烟跑走。他们在等鹿，看着它美丽的鹿角慢慢进入准星。也可能是狐狸，一身水光油滑的狐狸毛。还有敏捷而多斑点的豹子。他们在准星中看着那些没有意识到危险的动物，踏过紫云英或一地松果，优雅而慵懒地在林中散步和奔跑。

麒麟

母亲越挤越深，有点蓄意。围拢的妇女很快遮掩了她。我踮着脚看不到，往后退到路边台阶上。大声吆喝和吵嚷的人，把奴西街堵得水泄不通。我看见她了，白布宽檐帽挤得歪在一边，胸襟前汗湿了一片。母亲神情紧张地走过来，努嘴让我往提着的袋子里看。我慌乱瞧了一眼，仰头问："妈妈，是什么?"她把手从袋子外围覆在物什上，晃了晃："不知道干什么用的。"

从奴西街到林业车队有几条巷子，母亲既欢喜又惊慌。我不时回头，害怕有人追来拦住我们。路过春南巷的垃圾箱时，一只刨食的野狗突然蹿出来，吓得我尖叫一声。母亲跟着叫了一声往墙边靠过去。围墙内的居民楼上没人注意到我们。但扑哧扑哧飞起更多蝙蝠，盘桓在垃圾箱上空。窄小的巷子堵了大半。母亲牵着我靠紧围墙前行，我的手心滚烫。

叶晨说是麒麟，我看上去有点像鹿，又像龙和马。母亲把它摆在进门的隔断架上，一脸喜悦地坐在仿皮沙发上观赏。叶晨举起那个东西对着日光灯，橙色的塑胶麒麟，看不出有什么作用。倒来倒去没发现底座或开口，只有一些液体在麒麟体内缓慢流动。“这个有什么用?”叶晨重新把它置在隔断架上，抬头问母亲。“妈妈也不知道。”我说。“买的吗?”叶晨接着问道。我走到他身边，轻轻拉了拉他的衣袖。“下午带兮兮逛街，奴西街成衣行门口挤了很多人，我挤进去想看卖什么，一小四轮车上全是这些，阳光照着亮晶晶的，我拿起这个麒麟被挤了出来，顺道就带回来了。”叶晨疑惑地看着母亲。我吊在他的手臂上，随他走到母亲跟前。他站了好一会。母亲紧张地伸直腰板，仰头望着他。“你——是——偷——的。”叶晨一字一字地说。母亲急着申辩，但叶晨转身回了房间。

我悄悄推开门看他做什么，他坐在书桌旁摆弄一分纸币叠的帆船。我蹑手蹑脚走过去，摇了摇他的胳膊，他看看我，我爬到他的腿上坐着。“哥哥，你会告诉爸爸吗?”他圈着我，双手依然在摆弄船。“爸爸出差怎么还不回家?”我把头靠在他的手臂上。“你想他了么?”叶晨摸摸我的头，揉乱了我的头发。

晚饭时楼下响起卡车熄火的声音。我推开碗跳下凳子扑到阳台，蹲在水泥栏杆花隔前往下看。邓叔正砰地关上驾驶室的车门，提着大串钥匙往楼道里走。叶晨已经打开门迎父亲。邓叔笨重的脚步踩得楼道轰轰响。但只有他一个，父亲不在后面。母亲迎着他：“老叶呢？”“他在韶光下了车，说要去看望一位老战友，过几日回来。”邓叔扯了扯汗湿贴在胸前的汗衫，露着笑脸从我们身边走过去，试了几把钥匙插进锁孔。

丽丽姐从外婆家过完暑假，父亲还没回来。母亲每天在单位门口一等好半天，堵着邓叔问，老叶到底上哪去了？好几次我踩着矮凳趴在阳台栏杆上，看见邓叔从一单元的楼道匆匆走进去。我想他是穿过天台绕回家的。叶晨整天阴沉着脸。

车队领导问父亲出差前有没有异常，又问父亲在韶光的战友，母亲只是摇头，样子有点疲倦，突然神经质地仰起脸。邓叔只是反复说，老叶一路很平常，货送到厂方他们轮流开车折回，到韶光老叶说要去看望战友，让我先开车回家，他自己过几日坐火车回。领导问父亲下车的地址，又问父亲有没有提到老战友的名字或住址。邓叔深吸了口烟，耳后脖颈鼓起青筋，拇指和食指夹烟的姿势在空中顿住，然后垂下手搁在膝盖上：“没提过。”

十月秋凉了，蝉和青蛙早停止叫声。宿舍楼外的水塘一片寂静。月亮有时是毛边的，有时澄亮，有时天空一片暗沉。叶晨每晚沿着水塘转圈，空气里有些湿腥味。母亲不让我们晚上出门，但叶晨沉默地拉开门，我跟在他身后。母亲又阻止我，我在她手臂中挣扎，扭着身体挣脱。叶晨不和我说话，我拉他的手他抽出去。有时我在身后踢到碎石叫起来，他只是回头看看，又往前走。

报上登了寻人启事。派出所的警员来过几回，父亲依旧没有回来。我在学校里感到孤单。班主任把我叫到办公室，望着我，问我父亲去哪了。我看着她额前的头发，它们遮住了她的眼睛，她甩甩头，那些头发听话地侧在一边。我低头轻轻甩动我的短发，没起什么作用。

母亲常坐在沙发上，夜黑下来猛然醒转，打开灯去做饭。突然想起什么叫我，喊到很多人的名字，最后才喊到我的。那长串的名字有些听过，有些完全陌生。叶晨回来得晚，母亲说过几回，后来在黑暗中收拾厨具，忘了开灯也没注意到他回家。

叶晨吃过晚饭照旧去水塘边转圈，像守塘的渔民。有次我听到火柴划燃的声音，夜色中小小的火光，一股淡淡的火柴味。叶晨在抽烟。他被吸进去的烟呛得咳嗽。我突然莫名其妙地哭起来，泪光中那些烟熏我的眼睛。

星期天母亲提了满篮子菜回来，头发上盘了新发卡。我讨乖地把菜一样一样取出，放在厨房的大理石台上。在菜篮底下有个黑色塑料袋，扎着口。我躲开母亲的视线，藏在衣服下面跑进房间，掩上门。五匹形态不同的玻璃马。我拉开窗帘，一匹一匹拣起对着窗外的光线，它们的身体就像《恐龙特急克塞号》里的克塞号飞船，在飞出时光线斑斓。

“兮兮”，母亲喊我。我跪着椅子上半身扑在玻璃马上，母亲推开门，把我从桌上拉起。“你咋把玻璃马带到房间了？”我抿嘴巴不答话。“这个给哥哥，哥哥今天生日，”母亲笑着安抚我，“我本来想给哥哥买双鞋，走到顺安早餐店，门口挤满了人，摊子上全是亮闪闪的玻璃品，我藏了几匹小马在衣袋，急着回来忘了买鞋。”母亲抱起我说，“兮兮，这玻璃马给哥哥吧，你乖，明天给你和哥哥每人买双皮鞋好不好？”“我要丽丽姐那样红绸带的。”我搂紧母亲的脖子，头枕在她的肩膀上，偏头望着母亲。母亲的左肩有点低沉，显得脖颈有点长。

晚九点叶晨还没回来。母亲就像阳台上木笼里的兔子，红着眼睛在日光灯下移动，把影子弄得和兔毛一样到处都是。芳芳晨晨果果，啊不，兮兮，最近哥哥放学都去哪了？我揪着自己披散下来的发尾，对母亲又喊错名字感到恼怒。恼怒又转化为委屈。突然的哭声把我自己和母亲都惊了一跳。母亲前倾身子，一下把我拉到面前，左手从胸前抱着我的肩，右手捂在我的嘴巴上。她的手贴紧我张开的嘴唇，舌尖抵着手掌一股咸味。我因惊愕停止了哭声。母亲仿佛下定决心，麻利地把我夹在腋下。等她敲开邓叔家的门，一把把我从拉开的门里塞进去。她说她要去找叶晨，让我跟丽丽姐看电视。听到电视声，我又啜泣起来。父亲说年底会给我们买。给我们，父亲这样说的。但是叶晨不在，我喜欢靠着他一起看电视。我小跑到阳台蹲在栏杆缝前望着楼下。邓叔在客厅走来走去，大声叫我。我背对他们摇头，丽丽姐拉我也不听她的。邓叔转了几百圈，几步跨到阳台把我抱起来，我在他身上扭来扭去。他把我扔到沙发上。

我在梦里跑过大片油菜花，飞龙和长颈龙在后面追着。那些油菜花就像手一样绊住我的脚。有时我觉得我在飞起，但很快就被它们绊住。我变成了梅花鹿，很多烟头在身上烫着，我感到疼。我知道我在梦里。我想睁开眼睛看母亲回来没有，还有叶晨，但眼睛像被缝上了。阿尔塔夏公主拍着我的脸颊，她金色的长发落在我的胸脯上。

我醒在自己的床上。客厅里母亲和叶晨在激烈地争吵，一些物品被摔在地板上，发出脆裂的声音，另一些沉闷被迫失声。“你滚！和你爸一样死在外面不要回家了！”母亲歇斯底里地喊着。我听见叶晨走动开锁的咔声，门砰地又重重关闭。“你给我说，这些天你都跟什么人鬼混?”我光着脚跑出房间。日光灯的强光照得有点晃眼，我伸开手掌眯着眼睛从指缝里看他们。叶晨甩开母亲拉住他胳膊的手，鼻子里轻蔑地哼出声。母亲盘发松散，一脸羞怒，双手向前抓住他的肩膀使劲摇晃："你说！"我跑过去抱住叶晨的肚子和腰："哥哥，你别走。""你没有资格教训我！"叶晨双手把母亲的手拨开，低下头要拨开我。我箍得更紧，整个身体贴在他身上。母亲举起手扇向叶晨，我踮起脚想去架开母亲，叶晨一把将我拨向一边。我站不稳摔在地上，手上扎进很多碎玻璃，疼让我哭得毫无节制。

生病的优待是你变得弱小，亲人害怕失去你。我偷偷跟丽丽姐说。她惊奇地看着我，以为我鬼附了身。母亲每天来医院照看，不像以往只是坐在沙发上。我缠着问父亲，她起初不理我，我哭得厉害，她告诉我他很快就回来了。叶晨每次都躲过母亲来看我。我告诉他父亲要回来了，他偏过头不睬我，要不站在窗前抽烟。护士进来把他骂得半死。

我断断续续地发烧，退烧，每天吊很多药水。护士送来口服药，母亲看着我吞下去。如果我不愿吃，她就把药碾碎用少量水调匀在勺里，撬开我的嘴巴灌进去。我常被呛得咳嗽。叶晨在的时候则会哄我，他对我许诺。也许他心里难过，为那晚把我推在碎玻璃碴上。他背着我飞跑到医院，医生清理了玻璃碴，说我在发高烧。我问过他："哥哥，我得的是什么病?”他说病名叫淋巴结核，症状是反复发烧让我难受。其实发烧时我并不感到难受，只有扎针时感到害怕。

一个月后我渐渐恢复，住在医院观察和调理，强烈地闹着要上学。母亲有次突然跑出去，隔一会提回几个桃。桃子表皮毛茸茸的。母亲洗了记起我不爱吃，随手又装进塑料袋，堆在病房残痕斑斑的床头柜上。湿的桃子贴着薄软的白色塑料袋，让塑料袋失去了整体的膨胀感，有种失衡的变形。和那个孤零零的红色热水瓶做伴。直到腐烂散发出酸腐的臭味，被保洁员收进垃圾桶带走。

白天母亲上班，叶晨突然跑来陪我，坐在病床上发呆。不说从哪来，坐一会看看表又走了。有时一天来上几次，有时隔几天来一趟，身上粘着一股子烟酒味。有天他摘了一把桂花，找了个口杯插上。整个房间里都是桂花香。他的脸被酒精烧着，对着我鼻息里都是一股刺鼻的味道。他倒了热水在盆里，把毛巾烫热敷在我青紫的手背。我躺着静静看他，他挤出笑容揉揉我的头。

那天后叶晨每日给我送饭，洗衣，念书，晚上蜷缩身体睡在另一头。我想上厕所用脚轻轻踢他，他惊醒摸黑给我套鞋，牵着我去厕所。若是我哭闹，他爬过来，让我枕着他的胳膊，轻声哼歌哄我睡。有时他只是捧着我哭泣的脸，黑暗中任由我哭，哭得病房里其他人不能睡，心浮气躁的孩子则跟着我哭。夜班护士就会急匆匆来哄我们这些小孩。当电灯被拉开，叶晨的眼皮微微地颤动，是要抖落出什么，黑蜈蚣吗？他背着光，还是习惯用一只手去挡光。

出院后我不闹着要爸爸，也不闹着要妈妈。我躺在沙发上。丽丽姐带来一个新娃娃，她塞进我怀里，我把它丢开。叶晨在他的房间没有出来。丽丽姐推门进去，随手把门掩上。我在门缝里盯着他们。叶晨环抱着丽丽姐的腰，脸埋在她身上，我听见他呜呜的哭声，轻微而抽动。

叶晨听从车队叔伯的劝说，开始学开车。他不要邓叔教。以前放学总是我自己走路回家，现在叶晨每天接我。我跟在他身后小跑，有时任他牵着扭八字路疯跑。经过理发店，我们坐在栏杆上，等着看走出来的人改变成什么发型。店里没有顾客时，理发师相互吹着头发，吹风机呼呼地狂叫。叶晨跳下栏杆给我比划操作卡车，嘴巴里模仿发动机的声音。晚上不去水塘散步时，叶晨带着我在停车场转悠，几辆卡车停在之中，高高的车身像一座座塔。无论天空散落星辰还是月满或暗沉一片，汽油味漫过我们的全身。当北风猛烈刮过，就像汽油味穿刺过我们的身体飘去无边无际。

去水塘散步的时刻，丽丽姐挽着叶晨，然后把我的手插进她衣袋。有时他们把我夹在中间，我的手各在他们的衣袋里。停下来坐在枯草堆时，他们在接吻，月光下恣意而眷念。我抱着膝盖看远处林木鬼祟的影子，偶尔偷看他们。

整个冬天除了跟叶晨呆在一起，我只愿在被窝里。冷风刮得窗户砰砰响。远处像是卡车在发动。没有电视和阿尔塔夏，更没有“克塞前来拜访！”让时间停止。我不再喜欢学校，不喜欢游戏，男同学拦住我，扯我的书包，我自己把书一本本丢到远处。等他们走远，我一本本捡起放进书包。有时头发乱糟糟的，我在水管前把头发抹整齐，额前滴落的水珠，顺淌进眼睛，手指抹去时水珠就在眼睛中揉碎。

我听见丽丽姐轻轻的叩门声，他们直接进了叶晨的房间。我透过门缝看见他在解她的衣裳。丽丽姐被叶晨扶进被窝时，她饱满的乳房在我视线中晃了一下。我抽了口气，退开贴着的门。叶晨拉开门，看见我站在门前欲说话，光着的身子展露无遗。他慌忙砰地关上门。

那是哥哥的身体。

邓叔出车去外地时，单元楼一片静谧。丽丽姐在家里收拾我和叶晨，把我们弄脏弄乱的家又复原。我喜欢她身上一股淡淡的清香，没有花香热烈，不似果香，掺杂着奶味。她做什么事，我都跟在屋子里转。她蹲着洗衣服，我就把脸贴在她的背上。丽丽姐常把麒麟从隔断架上取下，在手中颠来倒去，看着麒麟体内的液体缓慢流动。

叶晨对麒麟充满厌嫌。他不理丽丽姐对麒麟的好奇，警告我不许说出来历。丽丽姐说麒麟是一种瑞兽，会带来好运。我一个人时，踩着凳子取下它，手指抚过每一处鳞片和角足，对着日光仔细观察液体流动引起的变化。

叶晨拿到驾照的春天，“这是 1991 年的蓝天白云”，他欢呼着拉起我跑向卡车。丽丽姐在背后追我们，红色薄丝巾从颈上飘了出去，随风舞动。我迅速爬上副驾驶座，坐在叶晨身边，看他把卡车发动起来。丽丽姐拽着丝巾拼命往这边跑。一路嫩枝发芽，丘陵和田地一片翠绿，家禽在农舍外逐戏，啄食。叶晨说我们要去的地方叫喊樵山，以前出没过老虎和野猪，现在只有蛇和螳螂。我听到蛇倏地抓住叶晨的手。待满坡映山红开满眼前，我们冲向开得最茂密的地方。

邓叔出车回来一大早拍门，几乎是冲叶晨吼：丽丽要高考了，不要再打扰她！叶晨哼了一声，要去掩门，邓叔用手推着门，挤进半个肩。叶晨用脚去抵门板底端，双手从门内使劲去推。丽丽姐听到动静，在对面拉开门，看到是邓叔，把门掩了一半，在门内垂着头，身体靠在门框条上。邓叔推不开门，骂骂咧咧松开了。叶晨因惯力往前把门轰地推紧，身体撞压在门板。清脆的巴掌响在脸上的声音。然后是丽丽姐猝不及防的尖叫，顿时又变成号啕大哭。

叶晨每天和我一起出门，我去上学，他去做自己的事。

下雨天他搂紧我，遇见低矮的栀子花枝，摘下花来递给我，满身的栀子花香。到学校门口时，他把伞塞给我，雨水浇湿他的短发和衣裳，背影瘦削。

丽丽姐趴在我房间窗外敲玻璃窗。我呆呆地拉开插销，看着她退到一边，拉开一侧窗户爬进来。她一定是沿落水管和遮雨篷爬过来的。叶晨听到响动走进房间。他盯了她一眼，那眼光冰冷而敌意。她的身体夹紧了，显然感受到他的目光。叶晨拽着她往外拉，把我的房门锁紧，任由我拍打。他们在隔壁压低着声音，但开始了争吵，声音越吼越大。我听见丽丽姐不停问为什么，问话连贯而像自言自语。叶晨的声音粗暴嚣乱。我对他的吼声感到害怕。邓叔把客厅门拍得快裂了，一边夹杂着怒骂，一边开始用脚踢。门锁开了，有片刻沉静。然后是推动身体撞在门上的响声。叶晨冰冷叫他们走的声音。耳光刮在脸上的声音。丽丽姐撕心裂肺的哭声。她激动喊出的听不清的话语。

隔壁家传出的尖叫多起来，像利器毫无规律地刺透。伴着邓叔的咆哮。有时一片寂静，突然是丽丽姐哀痛尖利的喊叫。是困兽被锁住企图突围的绝望。叶晨常常醉得一摊稀泥，偶尔夜里挣扎着坐在我床前。我变得容易惊醒。从某个时间段开始，我能在梦里听到树叶落地的声音。他的背紧靠床板，一条腿吊在半空。他的姿势一定不好受，要不然他的神情带着那么多苦楚和受伤。他离开背转身那刻，我总想跳起来扑过去，从背后抱住他的腿。可是我翻过身，蜷缩身体把脸埋进被子里。

“你想去一个新地方吗？”叶晨坐在餐桌前问我。我停下筷子，抬头望着他。“我们离开这里，去一个更好的地方。”“哥哥，你有钱吗？”叶晨不相信地看着我，迟疑一会告诉我：“有。”“好。”我冲叶晨笑笑，挽起书包带子走到他跟前。他站起来突然说：“你长高了。”

傍晚叶晨没有接我，等到天黑他都没来。我发疯地往家跑，书包一路滑下去，我把它丢在地上继续跑。我不要人从身边走开。我不要他们什么都不告诉我。泪流满面地跑进大院，宿舍楼下站满人。“从二楼摔下去的。”“都是血。”“这两家真是孽债。”……他们七嘴八舌说着，突然看到我，默契地停嘴，告诉我：“你哥哥去市医院了。”市医院。我转身就跑。后面跟着想要拦住我的叔婶。“不要追我。”我哭着往身后喊。更剧烈的跑动让我的头在前，双腿在后，尤其脚落后了身体几步，不平的地面刮擦鞋底，我双手扑在路面磨花了手掌。我伏在地上哭起来，哭着哭着坐起来，躲开想要抱起我的路人，又站起来继续跑。

“哥哥。”我拉着叶晨的衣袖不停抹眼泪。“哥哥没事，别傻傻地哭。”叶晨把我的脸往后拉，用手抹我的眼泪，结果鼻涕沾了他一手。邓叔大步走过来，眼珠鼓得快掉了，推了我一把："你们出去！"我跌在病床边，手打在床栏杆，疼得嘶嘶吸气可不敢哭。叶晨走上前狠狠地推搡邓叔，邓叔踉跄着往后退了几步，气急败坏地揪住叶晨。哗啦，门外医生护士进来几个，架开叶晨和邓叔，统统要赶出去。丽丽姐躺在病床上，脸色苍白，长发乱成一团，一丝丝粘在脸上。她微睁着眼睛，眼珠对物事毫无反应。

"哥哥我们去哪？"叶晨拉着我在路上跑，我们置身嚣杂的街道。踩着春天掉落的枯叶。鸽群飞越车水马龙的路面，它们一群群没有落单。我突然停下来，使劲挣脱叶晨的手，"哥哥，我进门时看到你偷了邓叔的车钥匙。"我看见他从另一张空床上，邓叔脱在那的上衣口袋掏出车钥匙，偷偷放进自己的裤子口袋。

"你答应哥哥一起离开这的。有车我们能去更远更好的地方。"叶晨俯下头看着我。"她怎么了？""她爬窗户时摔下去了。""他们说她把小孩摔掉了，是吗？""叶兮！你怎么知道？"叶晨抓着我的肩膀。他们聚集在楼下谈论，就像整天指指点点议论我的父母亲。"是老叶勾引的她。""邓婶哪里是省油的灯，要不是被抓了现行，怎么躲在娘家不敢回来！""他一定是把他杀了，抛尸荒野谁也找不到。""只怕是分了尸。"……"你还知道什么？"叶晨的手抓得更紧，我的肩膀像石沉下去的鸭子。“没有了。”叶晨松开手，揉揉我的头发说：“吓着你了吧？”我摇摇头。我们又开始在街道上跑起来。父亲在身后追我们，大笑着警告不要被抓到，要不然他会把礼物藏起来。很多梦里，我总是穿越无尽的街道和血光的天空，父亲的坟冢落满黑鸟。也许他连个坟堆都没有。

叶晨提着他收拾的我们的家当。我从隔断架上偷偷取下麒麟，裹在衣服里。那辆卡车静静停在停车场。父亲曾无数次把我抱上副驾驶座，靠在叶晨身边。他喜欢我们在车内安静片刻。像无声的过门。我们都是过门戛然而止的休止符。当他开始诉说长途路程将看见的山林、城市、河流、陌生人，一切都活色生香，等着我们莅临。

向科塔萨尔致敬

一

一个男人在公开场合宣称，许多女人因他口吐蜘蛛的才华爱上了他，蚂蚁们只能躲到窗帘背后偷偷笑，笑得翻不过身，并且蚂蚁越来越多，让窗帘像红幕布滑落下来。至于说到蚂蚁，你也可以理解为护士或性工作者群体。护士是因为他病得不轻，而性工作者是可怜他的滑稽洋相。人人喜爱卓别林，他是戴礼帽拄着拐杖的绅士先生。我们也可以爱口吐蜘蛛的男人，但别把黑黢黢的长腿露在戏台下。

林夏因为嘴唇薄，谈吐刻薄，被朋友们亲切地称作小寡妇。有一类男人，他们喜欢把动物交尾的照片发给女性，称这些奇怪的小东西。林夏用左手拇指抚过下嘴唇，仿佛在餐桌上擦拭食物碎屑。她在话题之中转换，就像用手指拨过衣橱的不锈钢衣架般轻易，并且似是等待衣架撞击发出悦耳的声音。她把下巴往右侧突了突，三十度角，碎发松散地垂在耳鬓，露出尖尖的耳朵。作为一只兔子，它足够撩人了。但作为一名有过不实婚姻的女性，她还欠火候，也许只是孤僻过头。

她的外耳道洞小，飞个大点的蜂王就堵塞了，当然除了魔术师老是这里打个响指，那里抓把空气，然后从人的耳朵鼻子拉出丝巾，没有一只蜂王会对女人的耳朵感兴趣。她的前夫可就不同了，他喜欢把林夏耳朵竖立的尖而长部分卷下来，就像生菜卷烤肉或者白糖卷子。说是前夫也不甚准确，她把男人当丈夫，男人把她当姘头，所以弄了两本假结婚证敷衍她。很长时间她把耳朵卷下来，用创可贴胶牢，令她像香港 TVB 律政剧中戴白色律师帽的配角，一般指定给申请法律援助的被告，在重金聘请的主角光环下哑口无言。

前夫被她逐出家门后，她把他的东西统统烧光丢光，从此他就成为一个出差在外，因犯众怒横尸街头的死人了。人人都知道她前夫是个什么东西，应该客气地说人人都知道她前夫“死”在外地，他的死亡是游离的，死亡地点随她的心情待定。

前夫死后，她常常梦见一只大公鸡，摇摇摆摆走到床前啄她的被子。她坐起来展开双手赶它。刚睡下一个随意挽着髻的女人，端着盘子也走到床前，把盘子放在被子上，给她从盘子中的茶壶里倒了杯热茶。她接过热茶一下泼到女人脸上，女人嗔怪地用手去擦脸上的茶水。她泼她是看出她是妖怪，冒着白气的茶水泼在脸上若无其事，更证明了她的猜想。她正害怕怎么和女妖怪斗下去，闹钟响了。

闹钟每天救她于危难之中，她也不可能奖励闹钟什么。最终每天凌晨五点她把自己闹醒。煮鸡蛋吧。客厅的电视被她上了白纸封条，封条上的毛笔字鬼画符一样。煮鸡蛋吧。每天凌晨五点起来她对自己说。她从冰箱拿出鸡蛋，一枚枚地放进不锈钢奶锅里煮两分钟。她严格监控燃气灶火苗大小和时间，为了不使鸡蛋煮破，放凉后重新收回冰箱中的鸡蛋格子，方便第二天继续煮。

二

等到弄明白跟踪她的是前夫，她想女妖怪把茶端给他喝就好了。他们相亲相爱，妖怪和骗子。她只是恐惧，他的执着跟踪会不会弄巧成拙。他既然早就打定主意抛弃诚实，一切美德都是装饰窗上的仿真花。她担忧他的底线一再滑落。

她的担忧不无道理。他最终出手了。她从单位下班走到玲珑巷时，前夫利用巷道狭窄的客观环境，火速跑到她背后并伸出手，把她的左耳从上至下快速卷了起来。几个放学回家的小学生在他们背后尖叫。

她没有办法报案追究他的责任，因为他是死人了，虽然今天死在宜昌，明天死在淮都，后天也许只有风水师才说得出那块葬地，她不能恢复“死”人的生命权，假装他是战争期间突然又回到家的阵亡战士。所以放任也是一大祸害，直接导致他的肆意妄为。他大胆地拦下她，用双手把她抽动的肩膀固稳，她战战兢兢双手真的被绳子绑住一样，双肩扭动而手臂安静地垂立，然后他开始展露恋物癖般的痴迷，双手各在她耳侧用拇指和食指抚弄耳轮，他沿耳廓抚弄到耳垂时使力捏了一下，仿佛为引起她的触觉，她感到鼓膜处有股酸胀感。等到他用拇指、食指和中指从她耳朵突出部分，自上往下卷时，路过的小孩子哧哧地笑，大龄女青年翻个白眼骂句流氓，拽住认识的小孩书包带一并拖走。

忍到极限时她四处在家搜武器，因为他已经狂妄地在家门口游荡，甚至试图跟她要换过的锁钥匙。邻居们跟他打招呼，似乎跟死人谈话是一种时髦或超能力，有个小孩还欢快地爬上了他的背。切菜刀有种泛着寒光的危险，剪刀又太锐利，晾衣撑容易被对方发现和抢夺，她择着武器考虑后果。最终从橱柜里摸出一瓶杀蟑螂的喷雾药，她拉开门冲着前夫就喷，前夫掩鼻子落荒而逃。受此启发她找出有喷头的保湿水空瓶，把买回的朝天椒剁碎煮沸，放凉后把辣椒水灌进空瓶。等到她直感前夫从背后摸来时，返回头摁住喷头就对他喷，少量辣椒水喷雾落进了眼睛，他骂骂咧咧地踉跄逃跑。

她突然有了一种研发武器的冲动。现在凌晨五点起来后，她不再重复煮鸡蛋，而是交叉双手抱在胸前，半靠着床头扫视房间，又下床走遍家里每个角落，唯恐有什么可制造武器的材料被忽视。随后她发明用保温杯装花露水，等前夫出现时拧开杯盖，踮起脚往下一倒从头浇下，前夫顶着一脑袋花露水熏晕整条街的狗。她甚至用钳子折弯铁衣架，自制了一把用黑橡胶皮包石头发射的弹弓，仅用过一次后感觉太小孩气，颓废地坐在小区健身器材区的单车上半晌。

后来她决定去买一种小的强力灯，直直地晃眼睛，用突然的强光造成短暂的视盲。她想周六上午是怀着憎恶上街的，她渴望摆脱前夫的纠缠和怪癖，搜索各类武器以期解放日。日朗灯具店里她遇到了小蜜桃，哺乳期的一对乳房鼓胀，正在挑客厅的水晶吊灯。小蜜桃问，亲爱的小寡妇，你最近可是忙着？说完并对她眨眨眼睛。她回忙着啊，她回忙着这没错，但她眨眨眼睛问她可忙着，说明她不只话里有话，而且似有误解她近期的举动。小蜜桃走过来用乳房撞了撞她的手臂。

难道哺乳的妇女都如此淫荡？她狠狠地想，狠狠地走开了。走出灯具店，林夏被举着手机拍照的店员吓了一跳，她往右侧大跨步走出与招牌同框。她想他们可能正为报销活动费取证。但与她有什么相关？她为什么要买小强力灯，还要制造一大堆武器？难道是为与前夫打持久战，还是她百无聊赖的天性？

三

福寿城属喀斯特地貌，山体崎岖林立，地下有多处溶洞，躲日本时用来藏家畜和粮食，但对于山里的马匪不管用，他们同样熟悉地形。她想这些马匪怎么就没在雨水和地下水流经山体时，从大量溶解后崩塌的石灰岩溶洞跌下去，那就不用骑马匹横冲直撞，也不会出现在她面前，只会成为别处的几位老者。她是怪罪碳酸盐溶于水太慢，还是想要摆脱他们的阴暗心理？

张头目原是三当家，政府招安后在水管安装公司当队长，每日踩单车前往安装现场。屈老五一副憋屈样，两个女儿都嫁给了公家人，是普通的水管安装工。杨花旦原是大当家的压寨夫人，会唱渔鼓曲，没事就露一露文艺范，后来把自己露到某领导床上去了。大当家听闻后当即中风倒地，从医院抬回去就只有头和左手摇啊抖啊，目光如炬的眼神萎了。但他终究与杨花旦离了婚，死前示意张头目侧脸贴近他的嘴，附在他耳边抖抖索索地说，离，不能同穴。

八十年代初政府招安时，没有动用骆驼部队，而是成立水管安装公司请马匪下山，这在省里都是爆炸性新闻。八十年代还有马匪，并且占据磨子岭一带扰民，抢夺山民粮食家禽过着滞后的抢匪生活，只能说明福寿城是座延年益寿的城市，它的生活步调要晚于外面的世界，但它的现代化却在持续推进。同时福寿城是座讲究怀柔与和谐的城市，它把一帮年轻马匪引导成了安装管道的工人。

张头目振振有词，问题出在大当家中风不久死后，城建口机关人员佯称能耐低，没人愿意出任水管安装公司经理，自一九九一年公司一直处于瘫痪状态。他相信大唐只要有皇帝，不管什么人当皇帝都能昌盛。屈老五始终用小眼睛注视着林夏，使得林夏不断低头整理办公桌，又不断抬头表示在听。她每次请他们坐在稍远的会客沙发上，以免被说话带出的口水溅到，并拒绝掉老男人凑近的尴尬。

他们的诉求从发展眼光看合理，国家终会解决所有公民的养老，但现在不是所有机构拆除围墙，就能改造成园林式单位。植物的栽种得看季节，植物的兴茂需要等待。还得找对那把锄头和铲子。林夏强调说，你得找对适合挖土的工具，而不是所有锄头和铲子都使用轻便。国家没有新政免除公民缴纳养老保险，她也不能建议把办公经费拨给他们买保险，然后阴沉的天气把材料凑到窗前光亮里看，没有电脑传送数据而花费时间跑腿取文件，巡查工地的人员仅靠双腿走遍乡镇，现代化已深入生活，所有人应该享受进步。

那我们如何享受到退休工人的进步生活？张头目高分贝提问。

林夏答不出来。她不能说他们没有努力工作，年轻时忙于打牌和酗酒。她只能说，我已经建议让家人先给你们买职工保险，待有政策再返退买保险的钱，想少交点就买城区居民保险，只是退休工资低点。

当初是政府没有指派经理，没有领导人主公司才导致瘫痪，公司没有发工资生活都困难，家里人跟着遭罪，哪有钱给我们买保险。屈老五粗红着脖子，情绪激动地说。

好吧，林夏当作不知道他两个女婿想掏钱却被制止。好吧，全城有大批倒闭企业所以政府没法开口子。好吧，那就慢慢来吧，但不能制止她爱干净，身为公职人员也不能令她与老年男人谈话没有局促。

偶尔杨花旦半夜拨她电话，哭泣声抽抽噎噎，就像她为唱渔鼓曲清嗓子似的。林夏现在不再梦到大公鸡和女妖怪，但她也受不了半夜唱曲啊。她揉着眼睛迷糊地说，你别唱了，天还没亮呢。杨花旦唱得更响了，妹妹啊，我第一个丈夫死得早，后面嫁个丈夫又离了，儿子也不管，儿子不争气又没工作，我怎么活啊！林夏想调个骆驼队来团团围住她，让她在里面唱个够。据张头目说，大当家与她离婚是续着命，他帮忙操办的，办妥离婚大当家那口气也断了。后面她大闹把她弄上床的领导单位，领导离了婚娶了她，可生的孩子又不是领导的，所以领导又和她离了婚。林夏把手机放在枕边，侧躺着耳朵贴紧枕套听，偶尔应和两声。房间里飘移化过戏妆的女人脸，到处留下油彩的气味。

四

林夏收到一张邀请函，参加为期七天的才艺巡展，地点是青铜市的翡翠湖。她询问主办方其他参与人员名单，获知刘陵瑄也在其列。刘陵瑄，那个孔雀开屏的蜘蛛男。

她想起那天和闺蜜在御颜堂夫妻房，她们泡在相对的木质浴缸里，她与小花椰菜谈论刘陵瑄和他口吐蜘蛛的才华，小花椰菜叹为观止。她在氤氲的中药泡澡汤里，坚持说刘陵瑄病得不轻，你想一个男人嘴巴里爬出黑黢黢的蜘蛛腿，哎呀，想想就全身发麻。

那天还发生了一件事。林夏裹着浴巾趴到护理床上，美容师们出房间准备背部泥灸产品时，小花椰菜说，让我看看你胖了没有，然后整个人匍匐压在她背上。她感到小花椰菜松软的乳房贴着她背上的浴巾，她呼吸喷出的气吹着她的颈窝。她有点不可理解，难道拥抱已是敝旧的礼节？小花椰菜贴得她很紧，双手环向她胸前时，她本能地用手臂隔开她。为了不使闺蜜尴尬，她抖声笑着说，你这是干什么干什么呀！不时拿眼睛瞟关闭的门。

她可是与女人同室，不得已面对她们换衣服时，自觉背过身去的女性。她与她们说话，但是礼貌地背过身去。但大多女人并不介意被观看。女人每天穿穿脱脱，就像刷牙和向男人投去目光。美容师的脚步在门口响起前，小花椰菜起身趴到了她的护理床，头深深地埋进搁置头颅的洞里，头发散落一边。这是一个等待被砍掉头颅的姿势。林夏感觉女性遭遇砍伐，多数时候是生长得太茂密。

也许她是感觉掌握了某些才艺，令她受到主办方邀请。除非到特定场合，否则她不会轻易展露才艺。小花椰菜就央求过她，亲爱的小寡妇，你就让我看看你的才艺嘛……嘛……嘛……至少在她脑海中，小花椰菜对嘛字的拖音足够萦绕，都能令她心里的莲花盛开了。

所以林夏对巡展感到紧张，但并不表示她不向往同类相聚。可大伙同桌，一起把筷子伸向瓦罐和碗碟，端起面前的高脚杯和茶杯，她心里还是隐隐长了些蘑菇。因为特殊才艺伴身，他们在酒桌上看起来像准备召开森林运动会。她眼前的人张开白蛇身、蝴蝶翅膀、大象鼻子和梅花鹿脖子，还有刘陵瑄的蜘蛛腿，围着食物感觉要雄霸一方。穿着印度灯笼裤，吊着鼻环的白蛇姑娘，喝干高脚杯中的半杯白酒，戴上挂在耳边的面纱，摇摇晃晃站起来开始扭动身子，舞动到主办方的周先生身边。周先生因女性的公开挑逗，挤眉弄眼显得挺不自在，双手握着酒杯把玩。白蛇姑娘拉他站起来，然后蹲下身，抱着周先生的双腿往上缠。大伙起哄站起来观看。周先生打趣地自嘲，太公开了，太公开了。但很快他就呼吸急促，直到白蛇姑娘的身子整个绞在了他身上。他们的头一高一低，看起来像个双头蛇怪。

她的身体缠到周先生身上好像变长了。林夏不自觉地指出来。按白蛇姑娘一米六二的身高，弯弯曲曲缠绕到周先生一米七八的身体上，以长度计算是不能绕到周先生肩膀的。而且她有找根绳穿过白蛇姑娘的鼻环牵着走的冲动。

周先生慌张极了，双臂裹在白蛇姑娘的身体里挣扎。白蛇姑娘笑盈盈地从他身上下来，又走回座位端起酒杯。周先生交叉着手揉搓胳膊，好像是被蛇皮凉到似的，又像是为了搓散白蛇留下的齿痕。

别理她，刘陵瑄附在她耳边说，也许感觉站得太近，说完往旁边让了让。

林夏警觉地退了退，腰磕在椅背上，一股麻痛钻上来。刘陵瑄伸出手，感觉要搀扶她，停顿几秒又缩回手。林夏可不想呆在他身边，不知什么时候从他口里吐出的蜘蛛，麻兮兮爬到她的手背啊胳膊呀脸上，若是就近吐出蜘蛛丝也够她受的。

五

酒过三巡的餐桌，看起来像诗人脑海中的词语，兜兜转转经不起挑拣，不经意却又发现那一味。

林夏喜欢一盘叫想象花煎鸡蛋的菜。盘子里的鸡蛋煎得金黄，想象花不是花的颜色，而是细丝样的翠绿茎叶，弯曲随意地缠绕在鸡蛋里，如音符在想象里波动。

梅花鹿先生开口说话了，嘴巴里塞满食物嗡嗡嗡的，一点也配不上梅花鹿的美丽。他说林夏你喜欢想象花吧，然后殷勤地移动转盘，不顾大象先生正在夹一块臭鲑鱼。

林夏咧嘴笑了笑，筷子摆在白瓷筷托上。

梅花鹿先生急切地说，林夏你吃啊。

林夏咧嘴笑了笑，说我吃饱了，再有一丁点也会压垮我的胃，您请慢用。

梅花鹿先生不站起来展示，他的长脖子才艺也够瞧了。整顿饭他的脖子一直跟着转盘转，有时都快凑到其他人脸上了。得有对食物多么汹涌的热爱，林夏心里感叹道，主动把食物分给她是多大的恩赐。

大象先生有些娘和矜持，说话时左手五指并拢，手掌面对嘴，以免口水或食物碎末带出，同时鼻子一抽一抽的，吸气时很用力，鼻头收缩变小，呼气时鼻头凸出去很长，脸部比例看起来失调。而且他的情绪很容易失控，脸常常处在被怒火烧旺的颜色，但他有意克制，这导致他的额头绷得紧，青筋鼓突。

起初大象先生扭捏，不肯表演才艺，矜持地等待玻璃转盘带来臭鲑鱼。盘子转到面前停下，他迅速伸出筷子夹一筷鱼肉。小可爱般的蝴蝶女士央求也不管用。直到梅花鹿先生嘴巴一撇，鼻子里发出蔑视的哼声。因为他脖子伸得长，感觉那鼻息就喷在大象先生脸上。大象先生把椅子往后退了退，用纸巾细细擦了嘴，嘴巴哈口气到手掌上，嗅了嗅可有异味。然后站起来走到包厢空阔的地方，从衣服内袋里掏出一只竹埙，放到鼻子前开始吹曲子。不得不赞赏大象先生的乐感，他用鼻子吹出的埙曲节奏丝毫不差。接下来他还表演了用鼻子吹陶笛、芦笙、巴乌和单簧管。林夏恍惚了，怎么就联想到杨花旦十几岁时，被马匪围在人堆里，伴着二胡、月琴，手击渔鼓筒唱着《碧玉簪》的戏段？她手执筷子不自觉敲向酒杯和碗碟。

周先生用手比画暂停手势，大象先生才停止从身上变出乐器。如果他去做魔术师也不错，林夏想。现在林夏等着蝴蝶女士召唤蝴蝶了，心里又隐隐期待能不能换个花样，不要搞得跟神剧里的香香公主一样。可是香香公主张开了她的霓裳，大量的蝴蝶从打开的窗户飞进来，并且像是在抱团撞向她。蝴蝶女士的身体轻微颤动。林夏真担心她的小身体会被蝴蝶吃掉。

蝴蝶女士说，那种撞击感是蝴蝶们的热情，它们习惯用剧烈一点的方式与我交谈。

好吧，林夏心里想，你是无敌的。然后用余光去瞟刘陵瑄，按座位次序该轮到他上演拿手戏了。

刘陵瑄讪讪地笑，他说我没法表演，因为此时我没有情绪。

难道你还要和气功大师一样调整声息？梅花鹿先生撇嘴说。

不是每样东西都能随便呈出来，才华贴近内心，当你能展现你的内心时才华才会奏效，否则它是劣质的临摹或模仿。刘陵瑄坚持自己的论调，却又显得腼腆地说。

按照你的说法我们都是劣质的模仿咯。大象先生闷声闷气地说，额头通红青筋暴突。

哥哥你伤到大伙的心了哟。白蛇姑娘围着桌子走过去，手搭在刘陵瑄肩上。

刘陵瑄打了个冷战，抖落了白蛇姑娘的手。白蛇姑娘不高兴地走回座位。

那就林夏来表演吧。蝴蝶女士微笑着打圆场。

我没法表演，我也没有情绪。林夏怯怯地说。

大伙群体发愣，直直的眼光看着林夏。白蛇姑娘刚要张嘴，被周先生制止了。周先生站起来说道，今天结束吧，大家早点休息，接下来几天表演会很辛苦。

林夏站起来时没站稳，往左边歪了歪。刘陵瑄伸出手又像要扶住她，却又缩回了手。林夏失去平衡倒向刘陵瑄，她竭力扶住桌子一角，碰翻了一只碗。她蹲下身查看摔碎的碗碴时，耳朵擦到了刘陵瑄的裤腿上，等她站起来耳朵发烫变红。

六

太尴尬了。后面几天林夏挑拣着座位，坐得离刘陵瑄远远的。同时几天来，她都没法站上任何露天表演场。她看着白蛇姑娘梅花鹿先生蝴蝶女士大象先生收获成功，被各自的粉丝团簇拥。她似乎回到了儿时站在人群涌动的街口。因为父亲制止她穿短过膝的连衣裙，她怒气冲冲从家里走上悠然街，站在街口看见一切都感觉恼怒。然后她的胸口异常憋闷，她想张开口大叫却喷出了一个小火球。火球烧着寿衣店前挂着的样衣，向当铺的布帘花圈店的鞭炮和花圈蔓延。

悠然街平凡的下午被鞭炮声和火苗侵吞。躺在竹椅上打瞌睡的店主愕然看着火团，路人更是揉着眼睛以为是阳光太烈的幻象。林夏站在街口来回看着几条岔道，人们开始躲避着炸裂的鞭炮渣灭火。她像是没有意识到火球由她口里而出。只是人们奔跑喧闹，铁桶、瓷盆以及呼喊声塞满了耳朵，她觉得耳朵剧痛，捂着耳朵往流沙河边跑去。

自那以后林夏的耳朵噌噌噌地长，很快长成了兔子形状的长耳朵。好奇的人们都盯着她看，大胆的人甚至趁她不备摸一把。直接的后果是引发她的怒火从口中喷出，烧着站在旁边的人们的衣服，他们只好就地打滚熄灭火苗。人们开始熟悉林夏的长耳朵和脾气，也就没人再提供喷出火球的情绪。当她成为一名公职人员后更是谨小慎微，而且学会了控制怒火，即使在得知前夫用假结婚证欺骗了她，也只是把他赶出了家门。在为数不多的几次特殊表演场合，她需要去回忆所有的愤怒，气呼呼直到让情绪充成一个球体。但喷出火球后往往令她感到异常难过。生活中有那么多不满意的事物，一个个被她的谨小慎微挤压，藏进许多够不着的角落，当她需要挖掘它们时，竟然有那么多足够她喷出火球。

可这次林夏失利了，她的愤怒像小忧伤，散乱而铺张没法聚集。也许公职人员的身份使她过于自制，也许对生活的愤怒逐渐变得可疑——毫无用处的表达情绪方式。她想即使每次喷出小火球，令她愤怒的事情也并未得到解决。就像每次高潮，最后跌落低处，身边的男人也不可能成为她，帮她度过低处的幽暗。

四天来刘陵瑄也没有培养出情绪。林夏每晚到翡翠湖边散步时，总看见他在湖心亭中跳舞。与其说跳舞，不如说一个人在召唤大神。林夏透过一路垂拂的柳树枝，远远看见刘陵瑄如乌干达巫师，只差旁边摆上动物头骨和皮毛。她可不想成为插满铜钉子的人形雕像。刘陵瑄看见她走过时，总面对她走过的方向注视着她。月光里他的眼神澄净。林夏有点困惑，但她的困惑够多了，那就随他念念有词跳大神吧。

第五天晚上的月亮有点诡异，或者说林夏才发现月亮变化那么快，不停地从月牙变成满月，又整个被暗色的云朵遮盖，然后从另一个方向露出小月牙，渐渐长满又被云朵遮盖。也许她从来没有认真看过月亮。她观望过湖、山、街道和人，却很少抬头仰望，即使仰起头也不过停留片刻，没有什么头上的事物真正吸引她的注意。而今晚她抬起头，是因为她走过湖心亭时，看见刘陵瑄的手脚动作缓慢，头朝上仰望着天空。她停下脚步，好奇地抬起头看他在看什么。

她突然很想和人谈一谈月亮。于是她返身走回通向湖心亭的栈道。

你有什么困惑吗？这几天都无法集中精力释放才华。刘陵瑄远远地和她打招呼。

什么才华，不过是种技能，就像杂技表演。林夏客气地说。

他们的才是技能，只要靠长期训练就可达成，而你需要通过内心感受，然后把你的内心展示给人看，所以你的是才华。刘陵瑄继续望着月亮说，你看这月亮变化无常，却又如太阳恒久照耀，云朵永远吞噬不掉它的光芒。

你说得太文艺了。林夏头脑清醒地说。

可你不可否认我说的。刘陵瑄注视着她的耳朵。

林夏想起恋物癖的前夫，她想她得搬个家。然后又想起杨花旦，她手腕背部的脂肪瘤越长越大，她害怕得要死所以一打她电话就哭。她劝过她想办法弄个医保，实在不行她就帮她付手术费，只要她别再给她半夜打电话唱了。至于小花椰菜，她的确令她有些困惑，并且还未想明白。

你整天都召唤大神咋还培养不出情绪？林夏问。

哈，你以为我在召唤大神？也许吧。刘陵瑄捂着嘴偷乐。其实你可以试试用意念控制情绪，然后让火球被你所用，倾力去表达你的想法。

林夏望向湖堤上的野菊花，一簇簇迎风摆动，和水面吹动的波纹，令翡翠湖变得动荡。只有黑夜中的路面被月光笼罩，才显出沉静和幽美。她内心的感受变化频繁，多数时候无法掌握和描绘，但愤怒不是唯一的情绪，她想为什么不倾力表达更多。

七

第六天翡翠湖边的露天表演场人头攒动，许多小孩子端坐于父亲头上，不过他们离得较远。近处的是具有冒险精神的大孩子，以及经常在广场转悠的流浪汉。周先生令主办方的宣传做得声势浩大。前几天的重复表演带来视觉疲劳，他们急需压轴之作结束青铜市的才艺巡展。

林夏站在舞台中央，既然选择做一次探索，她必须全力以赴。她凝视前方，视线穿过驾着父亲脖子的孩子，看着天边立体像是凸出来的云朵，所经历过的情绪一点点从身体角落积聚，汇集成悲伤、喜悦、孤独、怜悯、崇敬和鄙视，它们搅和成没有界限的圆形，卡在她的胸口等待喷出。她第一次平静地感觉到小火球的热度。她想象身体如输送给养，情绪一点点顺着血液和经脉流畅，带着隐隐的不安和跃动。她闭目调动意念，所有的外界声音成为抵达内心寂静的媒介。她第一个念头是莲花，它在她安静的时候常常在心底开放。她开始用意念推动小火球，它顺着食道、喉咙、嘴巴吐出来，在空中如一朵盛开的红火焰莲花。然后她不断吐出小朵的野菊花、太阳花，还有细丝般游动的想象花。

小孩子们都惊呆了，在父亲头上张开着嘴巴。父亲们摆出一副见怪不怪的神情，沉默地一会盯着林夏的嘴巴，一会盯着林夏的耳朵。刘陵瑄站在台下不远处，啪啪啪地开始鼓掌。掌声很快传染到翡翠湖边的各个角落，使得柳枝受到惊扰般摇摆不定。那些垂钓的人坐不住了，因为湖里的鱼游得欢快，但不靠近河岸，如果把钓钩甩得更远，大鱼就会使劲把垂钓的人拖入湖底。

林夏从来没有感觉情绪可以这样饱满，而且不再是负担，她记忆和想象中的花都将从她的口中盛放。她将目光移向刘陵瑄，带着感激之情向他点头致意。他直直地望着她，眼里充满喜悦和鼓励，突然张开腿半蹲下身，双手松弛地握着拳头，举向空中学猩猩擂胸口的姿势。她笑出声来，因此带出一朵一朵九瓣的欢笑花。

林夏在小孩子们的挽留声中退场，刘陵瑄擦身走上舞台。现在轮到他表演口吐蜘蛛。林夏曾猜测他是否事先把蜘蛛放入嘴巴，压在舌头底下，当他张开嘴巴，大蜘蛛慢慢地伸出黑黢黢的腿。即使他的蜘蛛如她的火球一样，都是由身体积聚的能量产生，也可能是些暗黑的情绪和毒素，日积月累化作蜘蛛等待被吐出来。

刘陵瑄绕着舞台各个方位，伸出舌头给前排的大孩子检查，证实嘴巴里无异物。林夏以为接下来他会跳大神，像他在湖心亭练习的一样。他却异常安静地站在舞台中央，似乎在散发磁场，因为她隐隐感觉到一种孤独交缠。他用一种腼腆和凄然的方式，冲她微笑一下，开始张开嘴巴。没有任何铺垫，一只黑腿的蜘蛛在他的舌头上缓缓爬行，很快就会爬出第一只腿。正面的观众惊呼出来，小孩子们夹杂着害怕和好奇，父亲们往后退了退，他们等待一长溜蜘蛛如科幻电影里的蝗虫部队，席卷大地般地如潮水涌动。

但只有那一只蜘蛛，缓缓地爬行，伸展着它的八条腿。它似乎被惊呼的人群吓住，探出两条腿缩回去，一会又忍不住伸出腿，又小心翼翼地收回去。这世间只有这一只蜘蛛是从人体吐出来的，它孤零零地被吐出来，不久后死去。等待下一次刘陵瑄再吐出蜘蛛，也将是唯一的那一只，它们不会碰面，只有各自的命运。林夏看着刘陵瑄张着嘴，嘴里含着那只蜘蛛，任由它爬行和尝试，眼睛却望向她。

她突然明白刘陵瑄无须任何铺垫，他需要的只是感知，他在月光里跳大神不过是吸引她走过去，走到湖心亭与他谈话。他需要的只是感知女性内心那股动情的东西。他知道那股东西会如蜘蛛死去，所以他吐出的是蜘蛛而不是更为明亮的物。然而他那么凄然地望着她，带着一种明知故犯的忧愁和歉意，就像她未产下的孩子，眼巴巴渴望被她留下。

她迎着刘陵瑄的目光，一点一点走到舞台中央。他们站在舞台中央像两座孤岛因地壳碰撞相遇。她只要迎上去，碰触他的嘴唇，他可能会像童话里丑陋的癞蛤蟆，变成一个快乐的王子。她近到能听见刘陵瑄的心跳，似乎能看清蜘蛛的眼睛，她只想这刻把柔软的唇送到刘陵瑄的唇边。刘陵瑄伸出手把林夏接纳入怀，双手不由自主捏住林夏的耳朵，由上至下卷起来。